美丽多愁

美丽乡愁·2020

刘醒龙　主编

GUANGXI NORMAL UNIVERSITY PRESS
广西师范大学出版社
·桂林·

美丽乡愁·2020
MEILI XIANGCHOU·2020

《美丽乡愁·2020》编委会　　顾　　问：袁善腊
　　　　　　　　　　　　　　　主　　编：刘醒龙
　　　　　　　　　　　　　　　执行主编：宋小词

图书在版编目（CIP）数据

美丽乡愁.2020 / 刘醒龙主编. --桂林：广西师
范大学出版社，2022.3
　　ISBN 978-7-5598-4664-8

　Ⅰ．①美… Ⅱ．①刘… Ⅲ．①故事－作品集－
中国－当代 Ⅳ．①I247.81

　中国版本图书馆CIP数据核字（2022）第012453号

广西师范大学出版社出版发行
（广西桂林市五里店路9号　　邮政编码：541004）
（网址：http://www.bbtpress.com）
出版人：黄轩庄
全国新华书店经销
广西广大印务有限责任公司印刷
（桂林市临桂区秧塘工业园西城大道北侧广西师范大学出版社
集团有限公司创意产业园内　邮政编码：541199）
开本：710 mm×1 010 mm　1/16
印张：11.5　　字数：143千
2022年3月第1版　　2022年3月第1次印刷
印数：0 001~3 000册　　定价：38.00元

如发现印装质量问题，影响阅读，请与出版社发行部门联系调换。

目　录

星斗摇香

刘醒龙

有种事物，一旦相逢，感觉就像向谁个借来些许年华。年轻人顿时觉得情怀舒广，岁月悠长，长一辈的则轻松地倒转春秋，回味三生三世，重续一段韶华。利川星斗山上那片名叫冷后浑的珍稀茶树正是如此，看看树边云缠雾绕，把香茗几盏，年轻的笑容就有了沉郁，沧桑的谈吐又再现天真。

鄂西山地，突起在江汉平原边缘，有秀水从崇山峻岭奔腾而出，有清风从华中高地舒缓铺来，将巨浪滔滔的长江挤压得矜奇立异，做了地球上独一无二的三峡雄关。用一座座大山垒起来的鄂西，自身却像宿醉尚在的汉子，端坐在吊脚楼上，直到一声唤：妹妹要过河，哪个来背我嘛！宛若后来歌者将"背我"演绎为"推我"，山地鄂西跳将起来，惊艳世界的模样，恰似被那只看不见的大手轻推一掌，不得不横空出世。而将《龙船调》唱了几百年的利川，当是惊艳之惊，惊艳之艳。一处硬是将一条清江生生吞入腹中腾龙洞，一座敢与各路名山大川一较高下的大峡谷，还有那自由散漫的莼菜，将西湖岸畔软黄金般的山珍长成了白菜价。诸如此类，许多天赐，等到了2018年4月28日，在远隔千里的东湖之滨，一代领袖亲自向世界推荐星斗山上的神奇之物，才让人恍然懂得，一切天赐的深意，无不是使普通人的创造，也杰出得能与天赐媲美！

有心往之，自然希望不负此行。

端的见识后，还是惊喜交集，赞叹了八九十回，仍不足以表达心之惬意。

那天早上，在街边一处小店里坐下，听说此地有包面，赶紧让端了一碗出来。只见形状与口味，还有做法，与老家黄冈日常盛行的包面如出一辙。说是东晋时期，8000精干巴人由鄂西迁徙于鄂东带去的饮食习惯，最大的证据是连鄂东五水之一的河流都叫了巴河。逢年过节，聊表欢庆的区区食物，如此这般传承下来，其中道理，也是说得过去的！传说当年蜀地为着管治方便，将所属长江右岸这片蛮夷远山，交换了长江左岸鄂北相较富饶的大片谷地。这些年，利川街上，蜀地之人越来越多，不时听见川蜀之音言说，先祖如何不识这大利之川？

利川这地方，让人总觉得有着别处找不到的好！一样的包面穿越历史分为两地生长，不同的山水无须腾挪凭空就能互换。这样的生长与腾挪，是人的气韵，又是人的命定。比如中华茶事，先贤后学，早已造就无数传奇。90万人的利川，用既往山水人物的90万个传奇做铺垫，硬是携手将利川红做成了最新的传奇之茶。珍稀妙品的冷后浑，只略一显身，就画龙点睛地串起这片土地上的荡气回肠。

中秋前后，黄白的桂花开得极盛，荆楚江汉没有一条不被花雨淋湿的晨路，山野城乡没有一扇不被花香浸透的晚窗。天地之间的秋天，仿佛只此一种气息。比别处多几许风韵的利川山水，让一树树银桂更得娇宠；比他乡胜几分的清风沉露，让一棵棵丹桂再上胜境。不因茶好而令其独宠的利川，大大方方地给了各色桂花登峰造极的机会，像是为了向茫茫水天里挂一面白帆，往阵阵北风中惊一声雁鸣，将秋天气息一一变成冷后浑茶香的陪衬。人道是，蟾宫九月，仙桂独步。利川的茶香，半点喧哗也不曾有，就悄然惹动天上神经，地上思绪，人间惆怅，只留下茶中的利川红，利川红中的冷后浑，而将所有朗朗上口的秋事尽数置于脑后。

在利川，冷后浑茶香温润绵柔，一杯入口，七窍里都有暖香丝丝游漫；再饮一杯，半个身子如同披上丝绸锦帛；到第三杯时，心里就只有一个念想，再饮三个三杯，也不知能否舍得下、别了去？茶香沁入心之内里，顷刻间就令周身爽快，既不夸张，也非内敛，好比是与生活中我劳我得等量，一丝不多，一毫不少，恰到好处的馈赠与回报。

当年有文章叙说王安石三难苏学士，第一难便是三峡之水。王安石拜托苏东坡取中峡之水拿来沏茶，不意苏东坡乘船过瞿塘峡后因故错过了巫峡，只将一壶西陵峡水带去京城交与王安石。略略品过的王安石，一语惊呆了苏东坡。王安石所言上峡之水太清，下峡之水太浊，唯中峡水不清不浊正好饮之，其中道理，于茶也说得通。名扬四海的利川红正是那中峡之水，作为利川红中极品的冷后浑，宛如中峡之正中。

南方山水，以树木花草为胜，若无香茶，比如清纯村女满地，却不知美人何在。鄂西利川的星斗山中，一年四季映花照月的唐崖河环绕着一片冷后浑茶园，若是美人，必然会沉鱼落雁，倾城倾国！执着于冷后浑茶的三个男人，一个痴情一辈子只为守护那山那水那片独一无二的茶树，一个迷恋一辈子只是要将这独一无二的茶叶制成上品中的上品，一个忠诚一辈子偏要将皇冠上的明珠从高处不胜寒变为扬名于千家万户。天下茶类，多如人众。茶中极品，足以称为人中龙凤。星斗山中的三个男人，凭着与众不同的意志，各自做了自己人生中的龙凤。从世所珍稀的秃杉、珙桐、钟萼木、利川银鹊和湖北白花木兰等许多植物宝贝中突围出来，将茅草灌木遮蔽的冷后浑茶树做了新的呈现，正像磨搭沟、三阵岩和花板溪拱卫居中的星斗高山。利川的山，一座比一座大，星斗山上花草一样比一样奇异，让奇花异草遮蔽的野茶树，得幸被一个一个再一个的男人赏识，往日成不了有用之材，今天变身为国之宝器。

20来颗名叫冷后浑的利川红茶，拈进雪一样纯洁的细瓷茶碗，一泉沸水自天注入，眼见着泛起玛瑙一样、红宝石一样的细小汪洋。主人观之长喜，客人观之宽畅。遥想东湖之滨的大国茶叙，莫不如此。在利川，与冷后浑茶终身结伴的女主人，一边细声细气地说着家常话，一边手抱茶碗，不经意地摇

几摇，再摇几摇，然后打开碗盖，请座上宾客闻一闻。待大家都闻过了，都惊喜过了，女主人才合上碗盖，又摇了几摇，再打开碗盖自己闻了一下，轻轻挺一挺腰身，再轻轻来一个呼吸，将悄悄散漫的、与剩余芬芳有关联的空气，尽数收入怀中。舍不得小碗四周剩余的芳香，更是舍不得浪费自家先生以毕生之坚持，一意孤行，拼将得来，美誉极致，天下第一妙品，所含半丝半缕的收获。

也是这摇一摇，像极了天上星斗，春夏夜里在南风里摇上几摇，润物细无声地洒下甘露，一梦醒来，清凉了新的日子。又似秋冬在火塘上摇上几摇，温情脉脉地连接起气象，门窗开处，暖阳徐来，岁月不愁。

2020年10月10日于青岛至武汉途中

岭上开遍映山红

赵燕飞

黑皮哥很小的时候，恨不得一夜之间就长大，一夜之间就成为一个威风凛凛的大将军。他说这些话的时候，倒映着白云的桐江水漫不经心往前游，盘石岭上的映山红只有绿叶没有花。黑皮哥穿着看不出颜色的旧衣裳，手里握着一根长长的竹竿，他的目光越过高高的盘石岭，投向远得不能再远的天尽头。他仿佛忘了自己脚下所踏的土地，不过是一个名叫周官桥的小地方。

黑皮哥的父亲和我的父亲是亲兄弟，周官桥也是我出生的地方。这个地名颇有些来历，据说首都博物馆有周官桥出土的青铜樽，经检测为周代制品。但那座古老的"周官桥"，我从没看到过。当年黑皮哥带着一群细伢子在无雨无雪的夜晚分为两派冲锋陷阵的时候，我也是他麾下的一员"猛将"，且颇受器重。恃宠而骄时，我常常用十万个为什么问得黑皮哥无言以对。比如，桐江为什么要躲开盘石岭？桐江上面那座石拱桥就是"周官桥"？我们都姓赵，为什么那座石拱桥不姓赵偏要姓周……

周官桥很小，属于它的老山冲村就更小了。爷爷奶奶育有五儿一女，成家的，没成家的，曾经都住在一起。记不清爷爷奶奶砌了多少土砖房，只知道它们一间挨一间排列成半圆形的小院落。院子前面有一条清浅的小溪，那是黑皮哥带领我们打水仗的战场。有时是堂兄弟堂姐妹之间"内斗"，有时是齐心协力对付村里的其他小孩。不管哪种战争模式，最后的结果都差不多：浑身没有一根干纱的我们，抱着湿淋淋的脑袋，企图躲过父母气急败坏的巴掌。印象最深的一次，小溪刚涨过水，里面很多黄泥巴，我们将水仗升级成泥巴仗，还嫌不过瘾，干脆在泥巴里打着滚玩。光是玩玩泥巴也就算了，我还跑回家里偷拿母亲那块雪白的洗脸毛巾擦手擦脚……那一回，母亲的巴掌实实在在地落在了我身上。最惨的是黑皮哥，作为罪魁祸首，他被爷爷逮住用竹扫把狠狠抽了一顿，腿肚子上隆起的血痕像红色的蚯蚓。

院子后面有一座果园，一半是桃树，一半是梨树。梨子快成熟时，每逢大风大雨，园子里就噼里啪啦下起了梨子雨。我们大呼小叫奔进园里捡梨子吃，常被树上新落的梨子砸得眼泪汪汪，却硬将哭声憋回喉咙眼里。那时的黑皮哥，完全没了将军风度，竟和我们抢起了梨子。梨子有点涩，开始时大家尝一口再扔，尝了两三个后便直接捡起来比谁扔得远。黑皮哥力气最大，我们都扔不过他。爷爷听说我们扔梨子玩，从堂屋抓了竹扫把跑过来打人。我们吓得四散奔逃。黑皮哥跑得最快，边跑边喊爷爷，爷爷的"火力"都被黑皮哥吸引，一个狂跑，一个猛追，我们都停下来看热闹。奶奶站在屋檐下大声喊爷爷，要他别吓到细伢子了。爷爷不理她。其实爷爷根本跑不过黑皮哥，等到爷爷气喘吁吁骂骂咧咧往回走，我们也不必再逃：此时的爷爷，已经没有打骂我们的力气和兴致了。

隔着小溪，与我们院子遥遥相

望的，便是藏满宝贝的盘石岭。

作为长孙，黑皮哥经常被爷爷奶奶委以重任：去盘石岭耙"枞毛"。枞毛其实是马尾松的落叶，一眼望去，还真像马尾松掉了一地黄头发。干枞毛是煮饭炒菜烧洗澡水的最佳燃料。黑皮哥去耙枞毛，我是最忠实的跟屁虫。我喜欢扛那根长了好多弯手指的竹耙子，一路上跌跌撞撞的，竟有冲锋陷阵的感觉。黑皮哥也乐意带上我：哪个"将军"没有随从呢。

耙枞毛的乐趣，在于盘石岭总能给我们惊喜。春天的盘石岭到处开满了映山红，没什么香味，但很好看，可以折几枝带回家插在装了水的塑料瓶子里；可以摘一朵插进衣服扣眼里；若是扎了头发，还可以戴在头上当发饰。看起来最嫩的花瓣，干脆摘一片放在嘴巴里慢慢嚼，酸酸的，甜甜的，果然是春天的滋味。秋天的盘石岭很丰盛。山路边，灌木丛里，总有五颜六色的野果子等着我们品尝。遇到矮一点的野板栗树，黑皮哥就踮起脚折一根结满

板栗的枝条放在地上，再寻一块结实的石头，去砸长满刺的板栗壳，等到板栗壳四分五裂，我就学着黑皮哥的样子，小心翼翼从壳里捏一粒板栗肉扔进嘴里。呀，味道好极了。黑皮哥吃得嘴角冒着白碎末，也顾不得擦一下。我撑得肚皮溜圆，打个饱嗝都有一股板栗味。

山上长了马尾松的地方，不仅可以耙枞毛，还能捡枞树菇。枞树菇大多长得呆头呆脑，与那些看起来花里胡哨的毒菇子不一样。也有很狡猾的毒菇子，长得很像枞树菇，要是被那糊涂的人捡回家煮着吃了，轻则上吐下泻，重则丢了小命。每年都有人误吃毒菇子而丧命，但大家还是照吃不误。没办法，枞树菇太好吃了。爷爷奶奶会仔细检查我们拿回家的枞树菇，若是发现其中有毒菇子，一定会挑出来教我们辨别。黑皮哥好像从没捡过毒菇子，我没他聪明，又喜欢长得好看的东西，偶尔会将那些迷惑人的毒菇子采回家。当我蹲在地上，对着某朵漂亮的菇子出神时，黑皮哥会警告

我：有毒，不要捡！我却总是手痒，有时看到与众不同的小石头，也忍不住捡进篮子里。知道有爷爷奶奶把关，黑皮哥也懒得管我了，随我一顿乱捡……

等我跟随父母搬去一个远离盘石岭的地方，就再没见过黑皮哥了。听说原本成绩很好的他没能考上大学，又不甘心一辈子窝在老山冲面朝黄土背朝天，便拎着装了两三件换洗衣服的蛇皮袋南下打工。99岁的奶奶去世时，我回到了周官桥。奶奶的葬礼惊动了整个周官桥。她的6个子女开枝散叶，子又有孙，孙又有子，加起来共有85个。奶奶出殡时，孝子孝孙白花花跪了一大片。在那场热闹的葬礼上，我一直没看到黑皮哥。赶来送奶奶最后一程的乡邻们，都夸奶奶有福气：那么多后辈，没一个缺胳膊少腿的，没一个夭折的，没一个不是好好活着的，后人如此齐全，十里八乡也只有奶奶了。这些后人里，没有当大官发大财的，但奶奶的好福气仍让乡邻羡慕不已。黑皮哥应是奶奶寄予最多期望的人，他的南下打工，是否带着逃离的目的？或许他觉得自己难以承担光宗耀祖的重任，这才远远地躲开周官桥？

奶奶的葬礼，是我们那个大家族二三十年来首次大聚会，很可能也是最后一次了。没有了奶奶的周官桥，从此不再完整。究竟是什么原因，使得黑皮哥竟然放弃见奶奶最后一面的机会？我很想知道，却又不敢知道。

奶奶埋在盘石岭上。她回归尘土的那一天，岭上的映山红只有叶子没有花。

送走奶奶，我特意去桐江边走了走。桐江与盘石岭隔着一大片稻田。记不清稻田里种了什么东西，反正没有印象中铺天盖地的紫云英。桐江瘦了很多，两岸新长了许多两三层楼的小洋房，倒是那座不是周官桥的石板桥，仍是多年以前的模样。我曾经坐在那座石板桥上，看着黑皮哥挥舞长长的竹竿将鸭子赶进刚刚收割完的稻田里。鸭子嘎嘎地叫着，有的扑腾着肉乎乎的翅膀，想飞却飞不起来，只好跟着前面的鸭子蹒跚着往前走。赶完鸭子，黑皮哥就将他扛来的竹甑沉入桐江，然后去草丛里捉蚱蜢给我玩。黑皮哥的手很巧，他在路边随便扯一堆草，左弯右绕，一只草笼子就做成了，他把蚱蜢关进笼子里，要我小心看守着，别让蚱蜢带着草笼子一起逃跑了。玩完蚱蜢，黑皮哥就将桐江里的竹甑拉出水面，在阳光的照耀下，竹甑跳跃着五彩光芒。凑近一看，里面有褐色的大泥鳅、白色的刁子鱼、金色的胖鲤鱼、接近透明的小虾米，甚至还有黑乎乎让人直起鸡皮疙瘩的脏蚂蟥。黑皮哥先将蚂蟥用树枝挑出来扔在地上，再随手捡块石头将那些可怜的蚂蟥砸得稀巴烂。黑皮哥说，蚂蟥太厉害了，不把它砸碎就能变成无数条蚂蟥来。除掉蚂蟥，剩下的"战果"一股脑倒进空饲料袋里。我想，这也是奶奶喜欢黑皮哥的重要原因吧。在那些缺吃少穿的年月，黑皮哥就像盘石岭能带给我惊喜一样，总能带给奶奶惊喜。

黑皮哥没能带给奶奶最期待的惊喜。考不上大学，对于寒门子弟来说，就失去了鲤鱼跃龙门的机会。黑皮哥外出打工，辗转好几个地方，想必尝尽了人间冷暖。黑皮哥混得最好时，自己开了一家小工厂。可是，书生意气的黑皮哥并不擅长经营。厂子倒闭了，黑皮哥的煎熬，只有他自己心知肚明。但谁的人生不受煎熬呢？ 50岁的黑皮哥，在奶奶长眠盘石岭之后，终于回到了周官桥。

黑皮哥在盘石岭下找了一个适合养鸡的地方，搭了几个棚子，建了简易房，当起了"鸡倌"。某天，不知黑皮哥从哪里问到我的联系方式，主动加我微信。隔着二三十年的时光，微信里头的黑皮哥不再斗志昂扬，和他聊天，几句客套话之后就不知说什么好了，完全没有了儿时的亲密无间。偶尔我会翻他的朋友圈，看看他现在过得怎么样。黑皮哥发圈最多的，是"明天上午去邵东送鸡和蛋，有需要的请联系"。邵东下辖二十几个乡镇办，周官桥是其中之一。黑皮哥站在邵东的地盘上，发圈说要去邵东，表面看来有点不合情理。在我很小的时候，老山冲里的人要进县城办事时，都会说"去邵东"。黑皮哥所说的"去邵东"，其实就是进县城；也不对，两年前，邵东已经由县改市，县城成了市区，准确地说，黑皮哥"去邵东"，其实是去邵东市区。

邵东的名气很大。每当我回答自己是哪里人时，他们都会说"哦，邵东我知道"，他们知道邵东的民营经济特别活跃，知道邵东人很聪明，知道走南闯北的邵东人喜欢将生意做遍世界各地。他们不知道，我这个邵东人对数字天生不敏感而毫无经商之才，我还有那么一个堂哥，在很多邵东人将生意全球化的时候，他选择退守盘石岭，每日听那山风与鸡鸣却不觉落魄。

"知道"邵东的人，少有人知道盘石岭。有一回，忽然心血来潮，在用来导航的地图上输入"盘石岭"，一下子冒出十来个，最远的在台湾新北市。点开位于邵东市的那一个，显示只有156公里，那就是我心心念念几十年的盘石岭吗？明明这么近，可我为什么总觉得隔了万水和千山？

盘石岭算不上高，算不上奇，算不上秀。但在那样的丘陵地带，盘石岭已是不可多得的真正的山。当映山红开遍盘石岭，那种不容拒绝的美，难道还不够热烈？或许盘石岭已经习惯了寂寞，当离它不远的怡卉园游人如织时，它依然开着该开的花，落着该落的叶。怡卉园，原本只是一个被废弃的采石场。当低洼的矿坑变成人工湖，曾经的工地化身园林景观，便有许多人慕名而来，只为参观一个名叫怡卉园的4A级景区。是的，世间万物，有些可以永远风光，有些可以变废为宝，有些注定只能用来被遗忘或者被怀念。盘石岭就像漂泊归来的黑皮哥：坦然接受上苍赐予的一切。

翻遍黑皮哥的朋友圈，最刺激的就是活捉大王蛇了。以前没听说过大王蛇，但看黑皮哥所发的图片，很像小时候见过的菜花蛇。百度一下，大王蛇果然是菜花蛇。不明白黑皮哥为什么不写我们都熟知的"菜花蛇"，而要写成一般人没听说过的"大王蛇"。或许黑皮哥在自己都没意识到的情况下使用了他在远离故乡时所习得的词汇？或许这种有意为之的"陌生化"能够吸引更多人的关注？黑皮哥的配图说明很简短，他说在鸡舍发现一条六七斤的大王蛇，终于把这条偷吃了很多鸡蛋的坏家伙抓住了。从这些短得不能再短的文字来看，黑皮哥似乎并不心疼那些被蛇偷吃的鸡蛋，他反倒有些得意，得意自己亲手抓住了一条大蛇。我将那些图片研究了好几遍，很想问问黑皮哥是怎样捉到那么大的菜花蛇的，他的心里难道一点都不害怕？犹豫了一下，我还是没有打扰黑皮哥。想象黑皮哥抓蛇的样子，脑海里却是少年的他挥舞树枝带领我们冲向"敌营"的情景。

挥舞树枝的黑皮哥无所畏惧，高考落榜时的他，是否也同样无所畏惧？在外打拼的日子，黑皮哥是否怀疑过自己的人生……以我的好奇，很想问个明白。可是，要别人揭开伤疤给我看，那个人还是我的亲人，这样的事情，我显然做不出来。

不能衣锦还乡的黑皮哥，在下定决心选择回周官桥养鸡之前，一定是迷茫的，纠结的。不过，从他的朋友圈里，我找不到半点蛛丝马迹能够证明黑皮哥曾经失落过甚至痛苦过。倒是那些差不多的短文和短视频，让我看到了一个骨子里头仍是"将军"的黑皮哥。

黑皮哥将养鸡场开在盘石岭下，又在相隔不远的小村子里另外建了一栋两层小楼给家人居住。那个村子也属于周官桥，但不是我们那个大家族共同拥有的老山冲。老山冲里的小院落，如今只剩下半月形的地基。当年要修水库，小院落里的人各自移民到附近村庄，那些土砖房子都沉在了水库底下。若干年后，水库干了，小院落重见天日。然而，房子不见了，桃树不见了，梨树也不见了。被时间风干留存的，唯有凹凸不平的地基。

黑皮哥的孩子都大了,他住在养鸡场的时间远远多于家里。白鸡、黑鸡、麻鸡、花鸡……无论大小,都是他的心肝宝贝。他站在鸡舍前沉思的模样,他看着鸡们欢快奔跑的神情,依稀还原了少年时代的黑皮哥。

又是一年春来到。盘石岭上的映山红都开了吧?抬头仰望的黑皮哥,是否还记得曾经的梦想?天空中悠然来去的白云,哪一朵落在了黑皮哥的头上?

黑皮哥可能不会相信,没能成为将军的他,依然是我心中的英雄:无论挥舞树枝浑身是胆的他,还是两鬓斑白面露慈祥的他。

无论盘石岭上的映山红是否开放,于我而言,都是世上最美的来处与去处。

日照之夜

马步升

日落时分，这个名叫日照的地方下起了雨。雨来了，风住了。从早上开始刮风，一天的风，却原来是为了酝酿这场雨。农历刚入三月，风是冷风，雨是冷雨。冷风并未阻止赶海的人和爱海的人。在冷风中，人们穿上厚厚的衣服，在浪潮喧哗的海边，身体瑟缩着，神情却是海涛般的昂扬。而此时，游人散尽，夜色里，雨幕下，极目处，只有我一个人。

我是从内陆深处，辗转十几个小时来到海边的。此前，虽然也造访过地球上许多大海大洋，但却是第一次来日照。来了，就得好好看看。连日来，日照的山山水水去了很多，住在日照的海边，凭窗即可看见日照的海岸，海洋的气息时时破窗而入，我对此的理解是，日照的海涛在召唤着我这个远离大海的人。许多年间，我曾多少次与日照擦肩而过，而日照早已列入了我人生必去之地的名单中。人生的阴差阳错，常常是因为身不由己。这次是专程为日照而来的，日照不以我为不速之客，我当满怀真诚膜拜日照的天地人文。古籍中，在描述一个强盛时代的版图时，会说成是：东极大海，西尽流沙。我就是从流沙的边上来到海边的。在先前漫长的时代里，这将是多么艰辛而伟大的旅程，绝大多数的人只可凭认知和想象，去填充时空的旷远，真正能够跨越这个距离的人，在任何一个时代，都算得上身披荣光的行者。如今，对大地的所有向往，都不过是一趟说走就走的寻常之旅。

下雨了，在海边的一家饭馆喝了几杯烈酒，我不想回房间拿雨伞，直接去了海边。这是一个港口，海岸上，一片现代建筑顶天立地，从地面到高空，楼宇上的各种华彩穿透夜色和雨幕，抛洒在海水中，陆地上有多少挺拔的楼宇，海水中便有多少楼宇弯曲的倒影；空中有多少华彩，海水中便有更多的华彩在随波浮动。人文与自然在如切如磋如琢如磨中，交织起一幅幅大色块的图画。港口里停泊着各式各样的船只，人们大约都在躲雨，岸上水

中，只有我一个人。冷雨潇潇，在灯光中，流星漫天，飞萤纷扰，仿佛置身于一个梦中醉中的世界。落在花草上的冷雨，好似恋人絮语，你侬我侬，在互相倾诉着久别重逢之后的心中千千结。飘洒于海水中的冷雨，天之水与海之水汇合的瞬间，好似古典小说中描写英雄人物初次见面那样，互相"剪拂"（行下拜礼）毕，异口同声致意说：闻名不如见面，见面胜似闻名。然后，惺惺相惜，推杯换盏中，互道契阔，述说各自的一腔抱负。

自小，地理教科书告诉我，我所在的内陆腹地的降雨，都是东南风从东边大海中万里迢迢吹送而来，在无数个缺雨的日子，不由自主会频频遥望日出的天际，渴望那个方位会飘来一片雨做的云。某一时刻，真的甘霖普降了，那便是一个盛大的节日，天地同庆，众生欢腾。多少次到海边，我都想亲眼看看，一缕缕水汽是如何冉冉升空，又是如何一路向西再向西，为广袤无际的内陆带来生命之源的。当然，对于

这个兴云作雨的过程，都是来自认知，个人是无力参与全程现场目击的。在大海边，畅想内陆一场降雨的酝酿过程，那是出自对天地秩序的一种敬畏，海里的水汽乘风而西，随着地势渐渐爬高，凝结为雨水后，汇聚为滔滔江河，随后，大江大河天上来，奔流到海不复回。天地循环，海陆互济，交相反哺，万物众生由此寄身于天地之间，时时刻刻无不张扬着天地造化之功。

所有出自造化的自然天地其实都是完美无缺的，所谓缺，只是人灵的感受之缺。人所处境遇不同，对造化的诉求也各自有别，而人中的才智之士，便施展各自的锦心绣手，力图为造化之美再添人文之美。多少天下名胜，都是造化之美与人文之美的天人共襄，日照也不例外。我自称是苏东坡死心塌地的敬仰者，几十年来，凡是公开颁行的东坡诗文，我都多有搜罗，凡是东坡足迹所至，我都有着趋奉之幸，有的地方曾去过许多次，比如江苏常州。资料显示，东坡曾莅临常州11次，并将其预定为终老之地，而我先后造访常州不下20次，还有一次曾在此地逗留过一月有余时光，而这次日照之行结束后，仍然要去常州。我曾为自己的疏忽愧怍过，古今地名以及辖境，前后多有变化，现今日照的一部分辖区，曾与北宋密州的辖境重合，先前我见不及此，这也是我多次与日照擦肩而过的原因。

日间漫游五莲，以及马耳山、九仙山各地，随处可见东坡遗踪，而有关东坡的传说广布于民间，在似是而非的传说中，足见人们对东坡的喜爱与敬仰。这与东坡留下踪迹和诗文的所有地方一样，东坡已经不完全属于他的故乡，甚至也不属于他自己，他是华夏子民共爱之人。在古密州之地，东坡留下了被后人称颂和熟记的"密州三部曲"，即《江城子·十年生死两茫茫》《江城子·密州出猎》和《水调歌头·明月几时有》。三首词都是千古名词，究竟是密州成就了东坡，还是东坡成就了密州？无须计较这些，河山与人文向来都是互相成就的。在有些古典诗文中，名篇中不一定有名句，或者，名句不一定全部出自名篇，而在这三首名篇中，真可谓句句是名句。何为名句？作者是何人，名句出自何处，已经无须深究，这些句子，应情应景，随口可以引述，而无掉书袋拽文之嫌，方可算得上名句。通俗地说，此类话语已经成为人们的日常用语。老夫聊发少年狂；西北望，射天狼；人有悲欢离合，月有阴晴圆缺；但愿人长久，千里共婵娟；十年生死两茫茫；等等。每一句，石破天惊；每一句，动人心魄。值得注意的是，东坡在这三首词中，共同写到了"月"。"明月几时有"就不用说了，在"十年生死两茫茫"中，东坡于彻骨的沉痛中，情思洞穿10年的阴阳相隔，依稀看见的仍然是那座"明月夜，短松冈"下的亡妻孤坟。而在《江城子·密州出猎》这一"天下快词"中，东坡虽未正面写月，但也没忘了以月完成自己的天地想象：会挽雕弓如满月。

酒让东坡平添了一种笑看人世困顿的浩然之气，而月却使得东坡在孤绝孤愤中，时时葆有一腔对远方的皈依之心。"密州三部曲"未必是东坡在如今日照的土地上写的，但《江城子·前瞻马耳九仙山》一词，却是有着确切无疑的地标。在这个白天，我先上马耳山，再登九仙山，东坡仙去已近千年，两山仍是今人登山望海的名胜之地。在东坡的眼中，"前瞻马耳九仙山，碧连天，晚云间，城上高台，真个是超然，莫使匆匆云雨散，今夜里，月婵娟"。山河常在，而风雨无定，东坡依然写到了月，但我却注定了，要在日照度过一个无月之夜。心里默念着东坡的作品，密州之月，马耳山、九仙山之月，黄州之月，以及所有他写过的我尚能记起的月，望望深沉的夜色，那一缕缕冷雨，那一片片倒映于海水中的华彩，那轮东坡之月便也高悬于日照的夜空了。

夜已深，衣服已经湿透了，今夜日照的冷雨淋湿了我的衣服，我坚信，明天日照的阳光会为我烘干衣服的。日照，日出初光先照之地，这是一方充盈着阳光的天地。

板溪红叶

斑　兰

前年上半年，因为得到了一段创作假，为了给手头的作品搜集资料素材，我忙里偷闲回了一趟老家。

虽说是家乡，实际上并没有想象的熟稔通达，所以从一开始，都是发小亚丁全程陪着我。

来回只有短短的一周，时间安排上无须说很紧迫，实际上也就去了车田、板溪等几个乡镇。

选择板溪，原因之一是县上有位朋友小袁被下派扶贫，正在该镇的红溪村担任"第一书记"兼扶贫工作队队长——有这个"地主"的导引，事半功倍，无疑能给我的"寻访"提供一些方便。

红溪，是重庆酉阳县板溪镇的一个普通行政村，与渝湘高速公路、板溪轻工业园区相邻。该村下辖10个村民小组，在将近3000人口中，有四分之一左右属于贫困户。

出县城循渝湘高速向南，约10公里后下高速，过板溪镇，很快就抵达了红溪村。在村委会稍事休息，听了简单的情况介绍，一行人继续前往福广寨——发小亚丁眼里的"很好看的地方"。这片土地位处巴尔盖国家森林公园，紧邻县青华林场，不仅土肥水美，可种植花卉水果、蔬菜水稻等农特产品，更有近5万亩广大林地与草场，具备发展山羊、肉牛等养殖业的良好基础……

车行平稳，村道路面硬化不错，只是路宽近乎单行道，若遇车相向而行，错车会比较困难。不过据小袁讲，随着福广寨农旅开发景区的立项，村道的拓宽工程已列入规划，交通瓶颈问题不久将得到解决。

福广寨所在地属于红溪村6组，层层叠叠的老房子依山而建，是个聚居了几十户人家的大寨子，山后有小路通往县青华林场。寨子前面的山坳里有一坝平坦的水田，温煦的阳光下，稻谷长势甚好——小袁书记蛮有成就感地介绍，这是新注册成立的福广寨农业开发有限公司以现金付酬，吸纳村民就近务工种植的200亩生态稻谷。市场方面，公司已初步与重庆一家医院达成协议，建立了大米销售链。除此之外，公司还因地制宜，种植了辣椒300亩。

聊起近一年来驻村扶贫工作中的酸甜苦辣，小袁也不免有些感慨——

刚来红溪村时，尽管按照县上要求坚持吃住在村，与村民打成一片，但扶贫工作到底从何入手，他还是觉得心中无数。"没有调查研究就没有发言权。"为了尽快摸清村情，他与驻村队员一起，费时一个月对10个组进行认真调研，确认了发展的有利条件与不足：红溪紧靠县城、工业园区和渝湘高速，交通便捷，有显著的区位优势；与青华林场面积广大的森林相邻，具备种养优势；秋季有丰富的红叶资源，可开发打造乡村旅游……而有碍发展的最大问题在于，部分干部群众发展意愿不强，信心缺乏，尤其是思想观念亟须更新。

凭借深入调研掌握的情况，他们理清了工作思路：首先通过学习，增强村委班子的凝聚力、战斗力；通过脚踏实地的脱贫规划，转变部分村民无所作为的思想，提升大家的精气神。而后多次开展大走访、大排查活动，围绕"两不愁三保障"，排查梳理出各类问题数百个，有的放矢逐一制定落实整改措施，明确责任人和责任领导，有效化解各类矛盾问题——

驻村工作队重点推进"到户产业"发展，确保户户有产业，家家能增收。

围绕居住安全，落实住房保障政策：抓C、D级危房、异地搬迁和"一房五改"，共改造C、D级危房18栋，整改破旧房251栋，9户异地搬迁人家住房全部竣工入住。

开展健康体检和医生签约上门就诊服务，解决困扰村民的医疗健康保障问题，让他们真正享受到国家医保政策。

贯彻"两免一补"教育扶贫政策，确保学生在义务教育阶段有学上、有书读，做到全村无一人辍学、弃学。

将低保、养老保险等资助政策落实到位，对优抚对象、独居老人、低保户、五保户、孤儿等7类重点人群进行兜底。

科学扶贫要从根本上抓起，那就是让乡村跟市场发生有效联结，自身具备造血功能。要做到这一点，除了提振个体/家庭经济外，着眼长远规划布局村级产业，大力发展新型农村集体经济也必不可少。为此，红溪村以"党支部+公司+实业+互联网"的发展模式，创办了福广寨农业发展有限公司，还引导23户贫困户将扶贫小额贷款350万元入股桃花源实业公司，参与利益联结。

因地制宜发展油茶、青花椒、中蜂、山羊等特色产业，鼓励农户参与，促进农民增收。红溪村现已创办养殖、种植专业合作社各3个，由此带动养殖大户45户、种植大户65户、养蜂大户15户，目前有存栏山羊2500只，存栏肉牛450头，种植烤烟、油茶、青花椒共6500亩，预计今年农民人均收入可达到8500元。

乡村脱贫致富，加强水、电、路、讯等基础设施的建设必不可少。目前红溪村已完成7、8组4公里路面的硬化，1组村公共服务中心1.5公里铺上了沥青，在9大片区修建水池3座，安装饮水管道5000余米，让9、10组100余户群众吃上了放心水。

通过扶贫工作队和村民们的共同努力，板溪镇红溪村脱贫顺利通过了国家验收，红溪人正继续迈步走在乡村振兴的康庄大道上。

"壮大村级集体经济，福广寨景区建设应该是重头戏吧？"我向小袁发问，"搞农旅开发，红溪村有没有自己的特色或优势？"

"是啊，这就要说到小有名气的板溪红叶了。"小袁答，"你可能有所不知，近年来，我们这儿的红叶可是火了一把。"

发小亚丁接过话头："有人把板溪红叶跟巫山红叶相提并论——客观地讲，无论名气还是规模，我们都没法跟别人比——但板溪红叶也有小而美的好处。再则，红叶景观只是农旅开发的一部分，还可以有休闲度假餐饮住宿配套项目，让游客留得住，有的玩。"

小袁说："板溪红叶景区确实比较小众，需要拓展规模，增加景观数量，才能吸引外地游客。不过这里还有数百年历史的传统村落山羊古寨，数百亩别具特色的山羊梯田，更有开发中的叠石花谷景区。看完红叶，游客们还可以去观赏叠石艺术、巫傩文化展示和上千亩乡村艺术花卉和景观草坪，那里种植的粉黛乱子草漂亮极了，就像大片大片粉色的云——这种来自北美的草本植物，据说是今年秋季最火的网红草。"

西阳土家族苗族自治县地处渝东南，板溪镇所属的山羊和红溪村有规模可观的红叶资源，以国内重要的观赏红叶树种黄栌树为主。秋季昼夜温差达10℃以上时，卵圆形的黄栌叶就渐渐由绿变红，色彩鲜艳夺目。据小袁介绍，山羊景区已经基本打造成型，新修了公路和景区栈道，红溪村还在拟开发状态。这一带的海拔大约在1000至1400米之间，森林覆盖率超过80%，黄栌树与常绿林木混生，高处的黄栌树数量明显多过常绿树。深秋时节，最先由绿转红的是山顶的树叶，而后逐渐向下浸染；从山麓往上，则是由红绿叶混杂到以红黄叶为主。当一片片缀满枝头的红叶，一株株布满坡岭的红树在群山间如火焰肆意燃烧时，那铺天盖地"霜叶红于二月花"的美景，唯有绚烂壮观一词差可形容。

"真可惜你来得不是时候——如果是在 10 月份的中下旬，"发小亚丁有几分遗憾，"我们就可以去山羊寨那边，看漫山遍野的红叶了。"

小袁说："那还不容易吗，等到了秋天再来嘛。如今的交通这么方便，有高速有火车，随便抽一个周末就能够成行。"

说的也是。回想起二三十年前的小河（乌江）流域，真的是山高谷深，水急滩险，交通极为困难。直到 20 世纪 90 年代初，从重庆乘船循长江顺流而下，在巴国故里涪陵换乘小火轮上溯乌江，经武隆、彭水、酉阳三县，去往天远地僻的"边城"秀山，不过六七百公里的路程，竟然需要颠簸长达三个昼夜。有两句在当地流传甚广的民谚曰："养儿不用教（读一声），酉秀黔彭走一遭。"由此可见渝道之难并不下于蜀道，更何况当时的物质极为匮乏，人们普遍生活在连温饱也不易得的贫困状态中。

只不过那年秋天，事务缠身的我并未能如愿再回一趟酉阳。让人感到欣慰的是，拜信息时代图像撷取仅需举手之劳，资讯传输亦是随时随处都可达成之赐，到了 11 月初，小袁和亚丁分别发来一份电子邮件，内容皆是打包压缩的若干幅新拍摄的红溪山羊村寨和景区红叶照片。由是，我的遗憾暂时得以弥补，我的好奇心得以满足。或许读到这篇文字的朋友也有一睹为快的意愿？那我就不一个人私藏独享了，选一组图随文发出吧，请有兴趣的读者们自行品赏。

人在青山绿水中

宋小词

2020年的一场大疫来得突然又迅猛，我们在家关了4个多月，高高的楼房，耸在半天空里，开窗有灰又怕病毒。开了，其实阳光也照不进屋子。长久的脚不沾地，人跟植物一样发蔫，每天无精打采的，神思倦怠。

夫家湖南宁乡黄材，我10年前嫁我爱人时，那地儿还是崇山峻岭，一片蛮荒。后来因为搞旅游开发，国家大手笔投资，黄材小镇慢慢改变了模样。逢山开路，遇水搭桥，山路一再拓宽、黑化。道路两旁的山地黄土撒满了花籽，孔雀草、矮鸡冠、小雏菊，这些给点阳光就灿烂的小花小朵，到了时令就绽放，给景区又增加一景。

疫情解封后，第一次长途出行，便是开车从武汉回黄材。爱人所在的村子叫古塘村，因村里有一口年代无从考察的塘而得名。从古塘到黄材镇上，以前要走一个小时，现在因为劈山开出一条道，大大缩短了村与镇的距离，开车仅需5分钟，走路大概 20 分钟吧。村子还是那个村子，但因为挨着景区，村子又跟以前不太一样了。往前一步，感受繁华，退后一步，享受宁静。

人终归是大自然的一员，跟草木一样，需要阳光雨露，天地滋养。在城市的钢筋水泥建筑物里，久不见山川河流，身体会有病，心理也会有病，思想也会有病的。

我大抵因为出生乡村，所以总有一份乡村情结。我落衣胞的地方并不是这里，这里不是我的家乡。我的家乡因为乡人追逐繁华，他们热衷于在城市里买房，再不济也要在镇上安家。这些年，一个一个地都从泥土里拔腿而起，去了那红尘中的"温柔富贵乡"，致使我的村庄人烟日渐稀少，鸡犬之声也日渐微弱，大致再有个三年五载，我的村庄就会彻底在松滋版图上消失，以后就会变得从地理上无从考证，只存在于我的记忆里了。

但古塘不一样，湖南人乡土情结重，成功有钱人士既在城市买房同时也都喜欢回家乡盖房子，盖那种大别墅，把父辈的破砖烂瓦推倒重来，在祖宗的基业上守成又开疆拓土。一套时尚洋气的大别墅，造价 100 多万。乡里的土木工程队忙不赢，一般商定的工期是 90 天完工，逢下雨，工期得延。主家急，包工头更急。活儿都排着队呢。

奶奶在古塘有个小土砖屋，贫穷落后风貌，跟村里一栋栋拔地而起的大别墅相比，实在有碍观瞻，村里领导多次提议欲扒掉。几经通融，答应若是拾掇拾掇，弄得漂亮一点，可以留下。之前一直在留与不留之间纠结。留，成本甚高，推了建大别墅，100 多万呢，没钱；不留，这是祖宗打下的"江山"，当年为了争一宅基地，祖辈是血雨腥风走过来的。如今，因为疫情，内心深重地感觉到了"农妇山泉有点田"的生活太惬意了。"家居青山绿水畔，人在春风和气中"，一场疫情，促使了我对自然、对田园的强烈向往，回归首先要有安身之所，土房子是联结点，老家奶奶留下的土房子是我走向田园，走向自然山水,走向自我内心的一个载体。

不建大别墅,就是这么个土房子。土房子已经有七八十年了,石头打出的地基,土砖是曾祖辈从田地里取土,摔打、夯实,一点点去除里面的气体,日晒、阴干,才形成一块一块坚实可承其重的土砖。椽子檩条都是祖辈在大山里砍伐树木制成的,一栋房子凝聚了祖辈们的血汗和对生活热腾腾的期望。我们接手并将之传承,虽然祖辈是农民,名不见经传的尘土一样的人物,但他们也繁衍了血脉。村里有经验的老人都说,土房子住着其实更舒服,冬暖夏凉。夏天不用装空调的。这个我们亲身感受过,有一年夏天三伏天里,我们在老房子度过一晚上,确实不热,到了后半夜,甚至还感觉出了凉意。老人们还说土房子也挺经住,只要住人,土房子可以住100多年。看来房子天生是与人纠缠在一起的,没有人的房子不叫房子。

修旧如旧,保留土房子特有的韵味,展现它立于空间与时间中的质朴与简单,不打破它特有的安静与落后时代的特质。没有玻璃的窗棂,没有铝合金的门户,没有玻化瓷砖的贴面,尽量地不要让工业文明参与进来。当然在这个时代完全阻隔掉这些东西是不可能的,毕竟我们是现代人。

房子一点一点还是按照自己内心和口袋的预算完成了。围墙造院,栽花种草。日出而作,日落而息,出门便是天地,远山如旧友,相看两不厌。嫁来十几年,村子里也都是一些熟人,也都知道了他们的过去,他们也都接纳了我,把我看作村里人。村里发生了翻天覆地的变化。以前这里的田地都老老实实种稻子,后来这些的田地被村里几个农户承包,开始种植经济作物。我姑姐在其中,承包了几十亩,一部分种朝天椒,一部分做果园,种植有国家地理标志的炎陵黄桃。年一过,年轻人打工的打工,留在村里的中老年人也都各自忙碌起来。我家门口的一条小路,终日摩托车、三轮车、农用车跟牵了线似的跑过来跑过去。每次回家,我姑姐就像是踩了风火轮的哪吒，家里四个轮子的轿车和两个轮子的摩托车加三个轮子的三轮车，她是一天要换无数遍，一会儿要去开个会，一会儿要去运个苗，一会儿要去拖个肥。现在留在村里的农民也不是传统的农民，他们有组织，经常组织学习和交流，时常还有上面下来的农技人员，现场给他们讲解种植的技巧。他们还要赶潮流，学习利用网络，利用小视频，将自己和山里的农产品推销出去。

姑姐承包的40多亩黄桃，大前年落地，前年挂果，去年开始售卖，我们都沦为她的推销员，免费向全国各地邮寄了许多箱桃子，一是想让朋友们回馈桃子口味意见，另一个是反馈收到的新鲜度，这是尝试邮路的通达和时长，这些都是农产品出去的一个信息。姑姐是个善于学习的新农民，一分耕耘一分收获，去年她的黄桃大获丰收，卖出了好价钱，也带动了村里其他农户的黄桃销售。当地网红还在她的果园里来了一场直播。

村子的内在早已发生了改变，不再是刀耕火种，不再是炊烟袅袅。没有耕牛了，早就没有了。姐夫的耕田机、收割机早已取代了耕牛。播种和收获季，是姐夫最忙的时候。大清早的，他的机器开到那个田地，田地就围上十几个人，人们评论节气评论谷种评论土地也评论姐夫的技术。村子里到处笼罩着水田和青草和农作物的气息。每次回老家，赶上姐夫劳作，我们也会像村里人一样，围在田埂边，看姐夫在不规则的田地里操控机器，驾驭庞大的机头，收割每一粒粮食。

"人间走遍却归耕，一松一竹真朋友，山花山鸟好弟兄"，久居城市，时时为稻粱谋，身心不得伸展，唯有这残存的一方田园，能许我片刻纯真。走进深山去，不阅人事阅花事，听山风吹响松涛，听鸟鸣叫彻山谷。感受王籍笔下"蝉噪林逾静，鸟鸣山更幽"的意境。

现在我是一有假便会回老房子，带的书一本都不会翻阅，也不愿写一个字。晴天时，就看着阳光透过

窗棂的形状投射在地面上，墙面上，从满到亏。下雨时，就看着新雨顺着旧屋檐滴落到地面上，形成一条宽大的流动的帘子，由强到弱。再也不用找寻什么生命的意义和价值。身子闲了，就拿着锄头去锄草，困了就躺下睡觉。再也没有什么抑郁和失眠。

四季之景在我眼前流动，农人们在我眼前走动，鸡鸭鹅狗时不时聒噪一番，傍晚，孩子们放学回来，呼朋引伴的吵闹声在耳畔琐碎响起。一如我心中珍藏的那个久远的乡村时代。

我说自从我老家有了土房子，我把跟随我多年的乡愁给弄丢了。

南太行札记(二则)

杨献平

青刺

满山都是板栗树了，前后没几年，就完全地遮蔽或者说取代了原先的荒坡，既是我小时放过羊的、堆满乱石、土质坚硬的后山坡，也是绿叶婆娑，三四年树龄的板栗树一棵棵开枝散叶，覆满了整个南太行乡野。大致10多年前，板栗树也有，但多是村里先人们栽种和嫁接的，多数大致有水缸那么粗，有的需要两个人合抱。新的板栗树崛起

之后，老的板栗树多数在时间中阵亡了，它们的枝干被村人砍了拿回家去，做了柴火，烧饭吃了。

村人说，从前，相邻的邢台县农村多数种植板栗树，一年下来，平均每户能卖到十几万块钱。这在偏僻的南太行乡村，当然是一笔可观的收入。再后来，我们这边的农村也被"封山育林"，一时之间，先前在山坡或者河边低吼的黄牛，以及登山如履平地的黑山羊彻底没了影踪。次年夏天，没有了牛羊翻来

覆去啃食，因而有些光秃的山坡绿草葳蕤，黄荆的嫩枝条蹿起一人多高，屡屡被羊的牙齿啃得浑身斑白的洋槐树也逃脱了有史以来的灾难，进而嫩枝横生，不断伸向各个方向。

我们家背后的山坡上也是板栗树，是父亲还在世时候，买的树苗栽的，嫁接之后，很快就结果了。板栗树春天生叶子，然后开花，花状呈长条形，犹如加长版的毛毛虫，一根根地悬挂在边刃上长着尖刺的叶子中间。板栗树的叶子，犹如刚出生婴儿的手掌，初生颜色暖黄，继而清脆，至秋季，则蓝得发黑。一条条的板栗花，犹如好看的金黄色的门帘，挡住了树叶和树叶之间的某些缝隙。大约10多天后，板栗花枯萎、变短、萎缩，有的直接掉落，有的则会一直待在原处，与新生的浑身长满绿刺的板栗果纠结在一起。

板栗这种果实，大抵是我们南太行所有树种里面最有自我保护意识的，也是最具备抵抗外力侵袭能力的，此外，就是著名的漆树和核桃树。其他的树木，都较为温和，也极其擅长逆来顺受与顺遇而安。就像几千年来的我们的祖先，一直到父母这一代。树木乃至其他的生灵，大抵也是地域性极强的产物，同时也和当地的人，性情、脾气、观念、意识和文化缝隙有着紧密，甚至相互构成与催发的关系。

每次在春夏秋时节回去，整个南太行的茂密与青翠，总是令人想起"仙境"或者生态极其良好的地方。当然，从生态角度看，矿产资源较少的北方乡村，相对于其附近的大小城市，自然环境的完整度还是比较可观的，当然也是周边大小城市人群周末和节假日寻求放松的、就近的消闲去处和旅游资源。据村人说，这些年来，有不少离退休的城里人，不断回到乡村，专门寻找那些带有土炕的旧了的石头房子，花千把块钱，租下来居住，至冬天方才返回。因此，多数人家看起来被绿苔和荒草侵袭的老房子大都还在。有的人家，还在老房子前后种植了板栗、苹果、山楂、柿子、核桃、樱桃、杏子、梨、桃等树种，一来不使得空间闲置，二来还可以多一些吃的。要是有人租住的话，也是一道风景，为乡村的田园意味又增加了一层色彩。

站在我家背后的山岭上，环望四野，起伏奔走的各道山冈的阴面和阳面，大都是一片片的板栗树林，即使没有路的后山之中，生硬的岩石之间，也都长着板栗树。其中，村里有一位堂哥，与我父亲年岁差不多，许多年以来，以后山为家，毕10多年之功，硬是将先前犬牙差互、岩石深嵌、碎石成堆的山坡修成了一片大的板栗树林。并且，春夏时节，还在板栗树林中点种了玉米、芝麻、黄豆、花生等农作物，一年下来，板栗树和玉米、豆类等，都能收获几千上万斤，卖几万块钱。这也是一种不错的生活。在这位堂哥身上，我看到的是人定胜天的"奋斗"精神，也觉得，他于荒山野岭之间不间断的农业劳作，也是一种有意思的晚年生活，既劳动锻炼身体，又可以在这几无人迹的山里，

获得一份心灵上的安静。

可我挺反对这样的，南太行乡村，几十上百座自然村，家家户户都在栽种板栗树，挖掉原先的黄荆和酸枣树，也将原生的野草驱逐干净了，尽管板栗树一年年长大，根部向着黑暗而坚硬的地下不断扩张，树冠乘着日光和风，吮吸着大地的琼浆，朝着四面八方拓展，也努力接近青天。但自然本是多样性的，板栗树的板栗能卖钱，人们便都偏爱这一种，以至于每一片板栗树林之外，其他树种皆是异类，如洋槐树、楸子树、酸枣树、黄荆等等，一旦接近板栗树，无一不遭到人们的斩草除根式地彻底驱除。早年间，母亲在院子东边种了一些毛竹，不几年时间，这南方普遍的植物，竟然蔓延了整个北方的山冈，其色四季苍翠，成群的细竹根根峭立，以柔软而强大的姿态，为我们家带来了一道别致的风景。有几次，母亲居然把那些竹子砍掉和挖掉了一些，说是要种板栗树。我听说后，坚决制止。说，这多好啊，板栗树很多，

可是竹子，在咱们南太行，这还是独一家呢！

母亲这才答应，再也不砍竹子了。每次回去，站在板栗树之外的竹林里，恍然置身于另一个地域，竹叶尖尖，犹如匕首，质地也相对坚硬，相互摩擦的声音，有一种飒飒的清爽之感。我这才觉得，苏东坡"宁可食无肉，不可居无竹"的真正况味。

到了夏天，先前犹如线团的板栗越来越大，浑身的青刺，向着所有来犯之敌，哪怕是狂风，也难以吹到它们的内心。板栗生长的状态，像极了所有哺乳动物的怀孕过程，在胎儿尚未足月之前，任何外界的干扰和可能的伤害都被母亲遮挡了。农历六月和七月初，板栗持续膨大，摘下来，用石头或者锤子砸开，里面的果仁就有些饱满了，表皮正在变黑，内仁洁白而微微泛黄，吃起来清脆，但没有什么甜味。

果子还没熟，人为地中断它们的发育，有些残忍和暴殄天物的感觉。到农历八月底九月初，风忽然凉下来的时候，大地也跟着降低了自身的温度，整个南太行乡野，瞬间就觉得了时节轮回的那种不容置疑的强大张力。这时候，板栗树的叶子也开始老化，大地停止了对它们的营养供应，板栗树本身，也像是一个鞠躬尽瘁的忠心之人，知道自己的使命差不多完成了，便开始迅速衰败下来。

日光是最好的抚慰，也是最犀利的剥开。不几天时间，原先全身布满铁栅栏的板栗纷纷打开了自己的城门，里面的板栗果仁露出了它们浑圆或者弯月形的身材，并且在不断地日月轮换之中，嫩嫩的皮衣开始变黑，而板栗外壳，也开始张大、萎缩，果实在一夜之间，就代替了板栗树和板栗外衣在天地之间的现实生活。为了防止板栗自己掉下来，人们拿了长杆，提着黄荆编制的各种篮子，站在板栗树下，采摘秋天的果实。如此几天，板栗们便都成为人们的战利品，被放在院子里，然后被剥开，放在日光下晾晒，再或者，直接卖给收购的人，进而被运到更远的地方，一颗颗地进入不同的嘴里和人体。

我从重修于明万历年间的《沙河县志》上看到，明清两朝，我们南太行的板栗，也是贡品之一。这里的水土适宜，板栗仁儿越放越甜，个头不算很大，但饱满度，还是可以的，大的如青李子，小的也有一般瓶盖模样。李时珍《本草纲目》说，"咸、温、无毒。主治腰脚无力，小儿口疮，鼻血不止"等。母亲说，这些年，村里板栗种植多的人家，遇到好的行情，一年也可以卖10多万，最少的，差不多三四万。要是果真如此的话，这一带乡村人们的温饱问题算是解决了。可这些年以来，南太行乡村一带的气候也有了明显的变化，一是春夏干旱，秋冬无雪的现象越来越多，甚至连续三四年都是这般，以至于先前的小河已经全部断流，泉水干涸；二是夏天的雷电越来越低，有几次，击穿了处于村子旁边的电线杆，目击者称，当时，电线杆浑身通红，他们打比方说，犹如孙悟空的金箍棒；

三是遍地栽种板栗树之后，其周边的荆棘和杂草全部被清除，多数山坡裸露，犹如一块块的癣癣，猛然暴雨之中泥沙随水下奔，水土流失严重。

利弊总是缠绕着世间万物，自然界也不例外。就像板栗外壳遍布的青刺，既是母亲般的保护和防御，也是拒绝其他事物靠近的武器。人们热爱的，只是板栗的经济价值，从而精心地栽种与呵护。

这其实也不公平，爱板栗而弃其他树种，似乎是对生物多样性的人为干扰。

无论何时，人总是功利的，或许，这种功利是集体性的，因为，在物质和货币的社会层面，凡物都在交换，等价或者差价，次或者好。这也不能够怪任何人。每次回到南太行乡村，闲暇时候爬山，去小时候经常去的地方，重温一下童年少年时候的某些心情与情境，无不与板栗树遭逢，几乎每个角落，都静默着大片的板栗树，挂着果子或者果子稀疏，或者满身青葱，或者光秃凋零。即使村子之外数里的明长城遗址，没人居住的，传说张三丰修行过的和尚山上，也充满了极好辨认的板栗树。有一年夏天，傍晚的时候，趁着落日扑上西边山顶的时刻，坐在板栗树下，山风吹来，凉爽得令人有一种神仙的感觉，满树的绿叶之间，以青刺而全身戒备的板栗摇摇曳曳，那种姿势，令人想到美妙的诗歌，而且是那种充满力量的不朽之作。

附近的山上

我做梦也没想到，10 岁之后，我每天醒来，第一眼就看到了张三丰修行过的山峰。它就在我们家对面，中间是一道低岭，再村子，再长而弯曲的一道大河沟，再向上，就是森林开始的地方。郁郁苍苍的森林，据说播种于 20 世纪 70 年代，一色的松树，间杂着楸子树、黄荆、柿子树、核桃树、山楂树等等。整座山呈馒头状，但山顶上，分别又凸起两座石崖构成的山峰，左边的

两个，像大拇指和食指，右边的有三个，如中指、无名指和小拇指，合起来，就是一只巨大的手掌。分开的话，一个叫和尚山，一个叫茶壶山。如果越过邢台和邯郸的分界，也就是明长城所在的山岭，到武安市活水乡牛心山村外，再看，和尚山，就真的像是一位身披红色袈裟，双手合十，向西默诵的和尚；茶壶山也真像是一只茶壶。

我们家原先也在村子里住，对着是一道河沟，再一座低岭。搬到这里的原因，是母亲和父亲在村子里老是受人欺负，为了躲开他们，下决心在村子前面阳坡的一个小山坳里修建了新房子，修好之后，就搬了过来。在乡村，至今的情况大致还是，谁家有钱有权，或者人口多，谁就是王者。人口多，拳头大，或者政府里有人，或者赚了点钱的人家，往往不怒自威，不战而胜。像我们家父亲是独子的人家，再加上没钱没权，当然是众人欺负的首要对象。当然，这里面，还有自身的原因，比如父亲生性木讷，不多

管事，又嘴笨，母亲和我和弟弟被欺负了，父亲还反过来怪母亲话多惹事。父亲说的也是实情，母亲生性就是话多，一句话，一件事，总要说几遍，更要命的是，与人交往中，信口开河，本来好心也能让人误以为使坏。

搬到这里，路都是父母亲修的，随后，又有一家跟了过来，至今两家还矛盾着。每当家里和邻居闹矛盾，我就想，要是现在能遇到张三丰就好了，我可以拜他为师，学些武艺，不用去欺负别人，威慑住那些"软的欺，硬的怕，见了驴锤子圪蹴下"的，"弱者愤怒，挥刀砍向更弱者"的坏人们。可爷爷说，张三丰是啥时候的事儿了？都几百年了，现在去哪儿都找不到武艺高强的人了。我沮丧。爷爷说，这和尚山上，张三丰是住过一段时间，可他住的时间最长的是老爷山，到现在，他当年那柄斩妖除魔的宝剑，还插在几百丈高的山崖上面。我说老爷山在哪儿？爷爷说，就在咱们乡政府前面，再向南拐一个弯儿，

到大欠小欠村以后，再上山，就是老爷山了。

所谓的老爷，其实就是真武大帝。按照传统道教的说法，真武大帝乃是北方之神，也就是玄武大帝，据说是太上老君的第82个化身。有一年，南太行乡村忽然兴起了捉蝎子收蝎子之风，一只成年蝎子可以卖到一块钱，最高时候卖到一块五。半大不小的，可以卖七八毛钱。放了暑假之后，我们这些财迷和非财迷就被父母驱赶着，去山上捉蝎子。那时候，我的财运特别差，别人一天捉几百只，我最多捉不到20只。每一次，看着别人家孩子提着铁桶或者塑料袋子去卖蝎子，一会儿几百块就到手了，我总是不敢近前，怕被别人笑话。我母亲和其他人母亲攀谈起来，问到我一年捉蝎子卖了多少钱，她也羞于出口，一个暑假下来，我捉的蝎子，总数不到200只。我发誓要多捉蝎子多卖钱。于是乎，就约上一个比我捉蝎子捉得少的同村同学，离开众人经常翻的村子四周的山坡，迈开双蹄，

马驹子一样直奔茶壶山与和尚山。

这山看着低，路也近，可走起来，才知道"看山眼里边，走路累死人"的真实含义。这茶壶山与和尚山，在我们当地人心里，不仅是制高点，也是有传说的神奇地方。传说，不少人看到，每当下雨天，日光放晴之时，站在其他山岭上看，只见茶壶山、和尚山四周金灿灿的一片，老人们说，那是长虫（蛇）出来晒太阳了。还有的说，某年夏天，他亲眼看到一条大粗蛇，从茶壶山飞起来，到河沟里饮水，然后又赤条条、粗愣愣地飞回去。我奶奶坚持认为，茶壶山上有仙茶，谁喝了，谁可以长生不老，要是有了病，喝了那茶，也可以起死回生。她还说，那飞蛇，就是看护仙茶的，谁要是想采茶，就那条飞蛇，人肯定打不过不说，还会被它一口吃了。

我俩爬山越岭，一路翻石头，心里期望每一块浮动的石头下面，都有蝎子，最好是一块石头下面，有几只或者一窝。可我们走到茶壶山跟前，翻了无数的石头，捉的蝎子比平时还少。有些懊恼，就坐下来吃带的干粮，喝水。那位同村同学，和我同岁，他的父亲是一个极其会讲故事的人。两个人闲聊时候，他说，娘的，算球了，咱们捉不到蝎子，不如去开开眼界。我说，这深山老林的，开啥眼界？他说，你不知道吧，听俺爹说，这和尚山凸起的山崖上，有一个石洞，里面有石桌子、石椅子、石炕，要不，张三丰咋会选择在这里修行呢？我一听，就有些好奇。

两人走到和尚山跟前，这是主峰了，但主峰以上，又凭空长出了两座巨大的，足有100米高的两座红山崖，我俩一前一后，抓着茅草和荆棘，爬到山崖的中间，果真有一个很大的山洞，可到山洞之前，还有很深的裂缝，根本看不到底。我俩面面相觑，觉得不能冒这个险，只好原路返回。回到家，也没敢给父母说。倒是写作文时候，我把这次经历写了出来，语文老师一看，说很好，并且把我介绍给了乡文化馆的馆长，那人姓朱。他看了我的作文之后，拿出一张报纸，我一看，报纸上有他文章，写的就是我们茶壶山、和尚山。从他的文章中，我才知道，这和尚山上，不仅住过张三丰，抗日战争时期，我军一位高级将领也在那里住过一段时间。

被老师一表扬，我就飞起来了。对这类的探险或者说当地性的书写，兴致忽然越来越大。有一次，我听说，我们村子与武安市交界的山岭上，有一些长城遗址。具体是哪个年代的长城，谁也不知道。趁着一个周末，我和表哥一起去看。走到跟前，才发现，那里早就立了一块水泥碑，上写省级保护文物，明长城。再到文化馆查看《沙河县志》，才知道这里的长城确实是明代"真定十三镇"长城防御体系的一部分，这里还有一座关，名字叫作郭公关，再向东10华里，还有一座大岭口关，武安市长寿村与山西左权拐儿镇接壤的山头上，还有一座货郎神关。这一段长城，当时主要为了防止蒙古俺答汗大军从山西翻越太行山，直入冀南平原，向北可以直逼京师，向

南越过黄河，占领中原等战略要地。

可惜的是，那些长城都已经残毁了，原先的石头上面长满了青苔，当年的城墙散落在草丛和荆棘当中，唯有几座瞭望台，还完好无损，但也被茂密的树木遮住了。我觉得非常可惜。表哥长我11岁，他还告诉我说，先前，在这一座瞭望塔里面，还放着一口锃亮的龙泉宝剑，还有一座石碑，后来，不知道被谁偷着拿走了。我觉得那人太可恶了，干吗要拿走古人的东西，要是放在这里，做个纪念，保持原来的模样，不是更好吗？起码，也是对那些曾经在这里戍边的将士的尊重。

但老长城确实残毁了，没人在乎，也没有人管。我读初中以后，有一年春节，和几个同学去了老爷山。斯时的老爷山，已经更名为北武当山。沙河市占了一半，武安市也占了一半。但武安的开发力度显然高于沙河。用了大半天，带着热切的期盼与满身的臭汗到达山顶，才发现，这山顶，其实也是一处绝壁。绝壁也不平坦，最窄处不到一

米，极其险要。山上有真武大帝庙，但没有了道士。只是，张三丰当年斩妖除魔的宝剑，确实还插在庙下的绝壁上，我仰头看了一会儿，觉得不像是人故意装上去的，确实是非人力所能够做到的，不由赞叹，也觉得，张三丰在此修行的传说，大抵是确凿无疑的了。

对于大地上的神奇传说，我总是深信不疑，但又觉得，这里面也存在着一些似是而非的东西。关于神仙鬼怪，现在的很多人已经坚决地否认了，可在科技不发达的完全封闭的农耕时代，人们相信万物有灵是对的，也是人和自然相和谐的一种策略，或者说一种相互间顺应与适应的结果。很多年之后，我已经参军入伍，某一年冬天回家，不见父亲，就问母亲说父亲去哪里了？母亲下巴朝西边的远山岭努了一下，说，在黄门岩修长城呢！这时候，我才记起，我们沙河与武安交界，也就是明长城所在地，名叫黄门岩。果不其然，一道新的长城在草木扶疏的山岭上重新展现了出来，虽然

才修了一截，但我隐隐觉得，我们老家这一带，可能也会像武安西部山区一样，成为旅游区了。

想想也是，如此之多的人文古迹和神话传说，还有森林与其他的深谷、奇形异状的山峰，怎么就没有做旅游开发呢？做成旅游区的话，我们村的人，就不用再出去打工了，也不会有那么多年轻人在煤矿和铁矿下面，因为事故而惨遭横祸了。正当我满怀希望、期盼再次回来之后，去新修的老长城看看的时候，却被告知，因为先前决定开发明长城的老板突然横祸去世，工程便停了下来。直到现在，我们村周边的这些古迹人文仍旧在荒草与荆棘中湮没无闻，而关于张三丰及明长城的种种传说，记着的人差不多都去世了，压根不知道的人，自然也不去关心了。

多少年后，我们家的房子翻新了一次，但每天早上起来，第一个看到的，还是对面的和尚山与茶壶山，以及早就被乱草遮蔽了的沉寂的明长城。闲暇时候，我也去相邻

的邢台县和武安市的各个景区去看，人之多，超乎想象。然后回到家里，看着沉默的北武当山、郭公关、大岭口关，以及附近的大寨山（云峰山）、北五指山，对面的茶壶山、和尚山等，觉得有些对不起曾在我们这里戍边，以及修行过的那些人，尽管有些人没有留下自己的名讳。但他们在这里留下的古迹，对于我们偏僻的南太行乡村来说，无疑是一种珍贵的光阴记忆，以及无形的财富，一旦开发出来，对我们村里的经济发展，乃至区域文明的进步，等等，大致也是非常有益的。

李新安的初心

桂千富

引子

近代国学大师黎锦熙在参与修编《洛川民国志》时写道：陕西"今县近百，夙多望邑，唯洛川名最不著"。近百年过去了，不为人知的洛川终于出名了。政府的简介和汇报习惯这样写：洛川因洛河而得名，因"洛川会议"而著名，因"洛川苹果"而驰名。

洛川高塬，53万亩苹果一眼望不到边。春天，明媚的阳光打开南部塬区第一树果花，随后白色粉色的花朵渐次绽放，花浪由南至北涌动，蜂蝶伴飞，沁香四溢；秋天，艳阳直接表白，羞红了第一颗卸袋后嫩白苹果的脸庞，羞赧的红云如初升的朝霞由近及远漾去，连空气都浸透了香甜。有诗云：

红粉漫施悦人颜
食后流涎仍觉甜
借问珍果何处有
神功点缀洛川塬

初心初定

说洛川，绕不开苹果；说苹果，绕不开一个人。洛川有他的研究会，有他的纪念馆，有他的雕像，村子被打造成"中国苹果第一村"。他不是大师，不是学者，不是官员，他是洛川乃至陕北苹果之父——洛川县永乡镇阿寺村的农民李新安。国学大师预计到大事件、名人能带火一个地方，不会想到一个农民会带火洛川。

李新安出生在 1919 年 7 月 27 日，两岁失去父亲，14 岁母亲离世。有一天放学回家，二爷从西安带回几颗又红又大的苹果，给了他一颗小的，他一口咬下去，脆香甘甜。哇，还有这么好吃的水果。他家里有两棵红果树（林檎），每到秋天，爷爷拿着拐棍坐在树下看果子，提着拐棍追赶偷果子的人们。即便这样，果子成熟也已寥寥无几。红果脆甜，就是太小，经不起贪婪、锐利的牙齿爱抚，汁水少得可怜。私

塾的老师问他的理想，他说要把苹果引到洛川，让乡亲们吃到苹果。这个初心另类而奇特。

刚成年的李新安，顾不得初心，他得先经得起生活的大巴掌。还没有长出胡须，就同陌生的小脚女人成了婚；还没有开启真正的人生，就被拉了壮丁；还没有被同化成人渣，就星夜逃回阿寺村。这一番被动、无奈的操作，把真人搞成虚拟，白天倒成黑夜。二爷带他来到洛川城里回乡探亲的远房姑父屈伸家里，求他给谋条生路。他在河南灵宝国民党军 106 师任副师长、政治部主任。

李新安当上了让人眼红的勤务兵，却心不在焉：洗袜子把袜子搓破；拿杯子把杯子丢了；翠屏山战役，炮弹打来，他比师长躲得还快。

你娃不是当兵的料。屈伸可惜地说。李新安无地自容。他想家乡，想妻儿，想未来……他从黑暗遁入黑暗。

想不想把苹果引到洛川？屈伸主张实业救国，他身不由己，几次努力收效甚微，他缺一个实践者。

灵宝李工生的"工生果园"名扬四方，军中高官前往参观，探察后路。

想！想！想！李新安脱口而出。他没有想到这里有苹果。真是老天有眼。

屈伸异常激动。如果李新安能学会种苹果，回去打前站，他的人生或许还有续集。李新安高兴自己兜兜转转终回到儿时心仪的苹果上。他没有想到还能背负姑父的理想，他们成为同道挚友。

灵宝学艺

"洛川苹果"词组飞速飙红，洛川人趁势开吹：世界上有四颗苹果，第一颗是伊甸园的智慧果，第二颗是牛顿的灵感果，第三颗是乔布斯的科技果，第四颗是著名的"洛川苹果"。唯有洛川苹果才是水果界的颜值和美味担当。如果你吃了洛川苹果，这牛皮不算大。消费者说：吃过洛川苹果就不想再吃别的。

现实总给理想使绊子。李新安学艺一波三折。1943年的中国，风雨飘摇。屈伸打过招呼之后，去打日本人，他的关照跌得很惨。李工生和屈伸一样忧国忧民，可惜英年早逝。果园由他的侄子李东成掌管，他把果园当成"老婆"，外人多看一眼都是"猥亵"。李新安与长工一起，起早贪黑，除草、嫁接、修剪……百般殷勤，换不来一个求教。

李新安明白，要引种苹果，就要自己育苗、嫁接，培养出树苗。他趁姑父回来养伤说了想法。屈伸赞同，借钱租地，亲自前往。频繁的枪炮声让李东成不敢再怠慢师长，弯转得能拧断脖子。李新安有问必答，还给了他一本米丘林的著作。1944年，李新安终于有了自己的苗圃。3年后，沐浴着枪炮声的第一批树苗出圃了，他把树苗卖到许昌、洛阳。李工生没有想到，他的隔代弟子把奄奄一息的理想炭火又吹出火苗，他无法瞑目的眼睛应该可以合上了。

李新安扭转了人生赤字，还了姑父的部分人情，还能为含辛茹苦的妻子、嗷嗷待哺的儿子蜡黄的脸润润色。

李新安带着初心上路了。

把树苗带回洛川

洛川自古是"陕北粮仓""麦油之乡"。山顶上的平原，千余米的海拔，明显的昼夜温差，充足的阳光照射，适中的雨水滋润……子午岭、黄龙山如贵妇的修长胳膊，呵护着这片平坦、广袤的土地。劲道的小麦，喷香的菜油一直是全市全省人喜欢的舌尖美味。没有人知道，李新安、屈伸为什么要舍去填饱肚子的粮食"正道"，去追逐短暂快感的苹果"旁门"。几十年后，科学证明：洛川是最适合栽种苹果的地方之一。秦兵马俑是打井农民挖出来的。李新安是洛川苹果的挖井人。

1947 年的冬天，苦难深重的中国还需冲破黎明前的最后黑暗。灵宝一片慌乱，洛川在围城中。屈伸原本想让李新安带回树苗，栽在城里自家的地里。而他奉命外调，前途未卜。

李新安只能独自上路，见机行事。二人行变成独行侠，于屈伸无疑是多米诺骨牌的崩塌，于李新安却并无大碍。他起初没有预设同道者。他买了地图，在姑父远程建议下，勾勒出一条曲折的回洛路线。

李新安精挑细选了 200 株壮树苗，仔细包裹好。这是他和姑父的全部希望，也是洛川的希望。火车挤满了暴躁、恶意和危险，容不下一颗初心。他买了毛驴，驮着树苗，躲着战火往洛川迂回。一路上绕秦岭、过黄河、蹚泾渭、越金锁、躲盘查，终于到了宜君，隔县相望。李新安的心情激动又复杂。洛川激战正酣，枪炮声不时传来。国军盘查越发严格。在宜君梁上，李新安没有躲过十五，毛驴被蛮横征调。他撕开棉袄，找出仅有的积蓄，希望高抬贵手，结果钱与毛驴一同被没收。他背着树苗，一步步往回挪。幸亏遇上回洛川的马帮驮队，200 棵树苗穿越洛川攻城密集的炮声回到故乡阿寺村。

建园风波

200株，6.7亩，洛川历史上第一个苹果园在水深火热的高塬上诞生的历程，充满了悬念、曲折。知恩图报的苹果树苗顽强地落地生根，躲过了村民的歧视，躲过了伪保政府的围剿，躲过了粮油的排挤，从末座不断位移，最终坐上主宾。今天，洛川人均3亩果园，名列全国之首。80%的果农户均收入10万元以上。

兴冲冲的李新安背着200棵心爱的苹果树苗，走进久违的阿寺村，还没有从妻儿团聚的温馨中抽身，问责的乡亲便拍门而入。预料的衣锦还乡，怎么是一捆半死不活的树苗？

出去这么多年，就带回这点干柴棒棒？我明天给你挖两捆烧。

你二了？不种麦子，要栽苹果。苹果能顶饱？

最生气的是二爷和丈人王麦儿，站在道德的制高点，大杀四方。丈人在前头跳脚训斥，二爷在后面把李新安刚刚栽好的苹果树拔出来。

不管他如何解释、说明，他们根本不听。李新安只得使用绝情招，以分家的名义，兑换了属于自己的6.7亩地。

攻城战还在惨烈进行，死伤者从城里摆到阿寺村。人们不谈论战争、未来，聚在李新安的地头看笑话。一天早晨，雾蒙蒙的麦地里，一个瘦弱熟悉的身影又拔苹果树。

我让你拔，让你拔！李新安万念俱灭，平生第一次大声痛哭，疯狂地拔果树苗。二爷愣了，灰溜溜走了。他窃喜，娃儿想通了。他总算尽到了家长的责任。没隔几天，村里人看到李新安在地头搭了人字庵，睡在里面，寸步不离守护着果园。这一次，他们只能寄希望老天的教训和惩罚。

真是天遂人愿，再一次打击来得如此及时、迅捷。伪乡公所借口在麦地里栽果树，要李新安纳双份粮。李新安去乡里说理。伪乡长冷冰冰说，除非你把苹果树挖了，否则，必须交双份。他长期在外，家里一贫如洗，欠得桃仁杏仁满是。

夜里，他望着满天的星斗，想到了姑父，难道他们错了吗。

1948年的春天，洛川终于解放了。村子响起了鞭炮声，李新安带儿子放得最久。他的树苗也很争气，在返青的麦苗地里纷纷发芽。他一棵棵检查，抹杈、浇水、涂秆，毛茸茸的叶子一天天长大，侧枝也发出来，随风摇曳。

刚刚解放，百废待兴。李新安的情况传到县长王安民的耳中，他骑车子来到地头，和李新安促膝长谈，香甜的苹果诱出涎水。又一天，王安民带领一个四兜干部来到果园。李新安再次主讲，三人聊得投机。临走，四兜干部送给他米丘林、华西列夫和国内专家的果树管理著作。李新安紧紧握住干部的手。这些书太及时了。要走时，王县长才介绍干部是专署副专员郭景龙。

李新安的眼睛湿润了，他没有想到新中国的干部如此平易近人。真是新旧社会两重天。他下定决心，无论再艰难也要把苹果栽种成功。刚刚从旧社会脱胎出来的村民，浅薄而势利，得知领导看望李新安，臆想出多重意思。从众心理驱使大家又回到果园地头，这次不是吐槽，而是求教。李新安仔细讲解，人们似懂非懂。他的身后有了第一批追随者。

同年秋天，李新安再次返回灵宝，办理了手续，告别了灵宝，把剩余的树苗和3000株海棠苗子带回洛川。

当年，村里陆续发展了49亩果园。

初心，幻化出一片葳蕤的绿色。

阿寺村的九个第一

时间是一切问题的原因和结果。李新安的举动，在不同的时间节点里，以不同的方式惊艳着人们。合作化时代，哪个队上有果园，哪个队就富裕；包产到户，苹果成为共同富裕的不二选择。1974年，在全国三部一社组织的苹果鉴评中，洛川红星单项和总分一举超越了美国蛇果。煽情的报道这样写道：社会主义的红星打败了美帝国主义的蛇果。从此，洛川苹果开挂，获得了近200个金牌，进奥运进世博。洛川苹果品牌价值687亿，名列农产品第一。

1953年，李新安的6.7亩果园大量挂果，红黄绿青各色苹果挂满枝头。他招呼大家来到果园，给大家采摘品尝，讲解品种口感。果园里泛起贪婪的咀嚼声，伴随着啧啧的称道。远近人闻风而来。更多的人想栽苹果，起于这里的涟漪荡漾向全县的角落。县上为李新安解决了一石二斗粮食，借钱买了3亩地做苗圃，让他专心发展苹果。李新安如锚子扎在果园和苗圃，饭也在地头吃，埋下了腰疾的隐患。

1954年，是李新安扬眉吐气的一年。果园丰收了，沉甸甸的苹果压弯了枝头，阳光在圆润的苹果上游走，闪闪发光。外贸公司上门采收，卖了2000多块。洛川苹果甫一诞生便走出了国门。1955年又是几千块。地主老财也收不到这么多。这可不得了！这是普通百姓想也不

敢想的事情。人们奔走相告，痛心疾首，后悔瞎了眼不跟着他一起干。首批跟他一起栽的果园也开始零星挂果。

1955年，初级合作化开始。村里人反响不一，没有果园没有劳力的想入社，有果园的都不想入。李新安成功之后，人气超过了二爷和村干部，凡事必"李新安咋说"。他成了他们不入社的最后一根稻草。李新安当时腰椎疼痛在县城住院。大家一番"如此这般"，派他弟弟去医院领教。没想到他一口答应，果园、牲畜、农具全部入社，还答应借钱给生产队救急。这无疑是一大新闻，他的智商又一次被打上问号。李新安知道，若不是共产党，若不是新中国，他根本无法把苹果引到洛川。

再次回到村里，李新安被选为副大队长，园艺队队长，他要为集体栽300亩的大果园。这个想法石破天惊，却不惊心。二爷和王满儿都成了他的吹鼓手，他早已坐上村民心里的八抬大轿。李新安带领社

员在村周围栽了 16 个果园 275 亩，把原来各户的零散果园连成一片。这是洛川、延安、陕北历史上第一个连片大果园。几年后挂果，外贸公司扎点收购，银行驻村结算资金，每年收入几万元，占全村总收入的 50% 以上。以十分之一的土地拿回来一半的收入。阿寺村的工值 1—2 元，为全县之首。永乡信用社的存款，阿寺村占到一半。

李新安出名了，阿寺村更出名了，一口气拿下第一个引种苹果的村子，第一个有连片果园的村子，第一个有苗圃的村子，第一个靠苹果致富的村子，第一个用上电的村子，第一个吃上自来水的村子，第一个购置了大型农用机械的村子，第一个有楼房的村子，第一个有农民园艺队的村子等九个第一。再加上阿寺村是洛川距离共产主义最近的村子就十全十美了。

李新安兑现了对姑父对自己内心的承诺，他并不满足，初心从阿寺村扩展到全县全区。他给毛主席写信、寄苹果，建议把延安建设成全国最著名的苹果区。这个宏伟的计划现在仍在推进之中。

李新安赶着毛驴把苹果卖到延安街头、专署院里；

李新安被抽调到县上，指导全县苹果生产，他的弟子奔赴延安、宜川、黄陵、富县传播技术；

李新安得了脊椎结核，延安专署接去先后住院两次，三年动了两次大手术。特意安排乘飞机到西安制作钢架背心。地委书记指示医院安排了 36 个菜的菜谱供他选择；

李新安被称为农民科学家；

李新安当选省政协委员、县人大委员、代表；

李新安来到中南海怀仁堂，受到毛主席接见；

…………

不是尾声

李新安长期高强度劳动，积劳成疾。1983 年 5 月 2 日，他写完最后一个政协提案——《关于洛川及渭北高原苹果生产的两点建议》，几天后，年仅 64 岁就与世长辞。李新安走了，心愿被各级领导和 20 万果农继承接力。人们说，洛川苹果好吃，是因为老天的赐予。只有洛川人知道，洛川苹果好吃还因为李新安的引种，因为无数人后天的艰辛付出。

凡到洛川的领导，都念"苹果一本经"。原省长袁纯清说，如果没有李新安敢吃螃蟹，如果没有历届班子一届接着一届干，就没有洛川苹果的今天。专业县建成了，产业化完成了，品牌化实现了，后整理和再升级踏上了征程。洛川实现了让专家学者惊诧的"以农致富"的目标。

洛川的部门、乡镇都得围着苹果转，无数干部走进田间地头，突击"摘帽子，提裤子，疏枝子，套袋子"；早春的夜晚，干部彻夜守在果园里，等待着最寒冷的时刻来临放烟防冻……每个关键的节点，总有干部的身影。他们被误解的果农追赶、谩骂、打伤，最终赢得信任和拥戴。洛川苹果不断超越，成为行业的聚焦点和代表符号。

20 万果农，一年四季，猫在果园，从疏花到出售，上树下树，套袋卸袋，十几次抚摸苹果，它从微小的花蕊蜕变成通红的苹果，果农才能从地狱挣扎出来。他们有的如落果跌下树受伤；有的再也站不起来，葬在果树下；更多人的腰如李新安一样伤痕累累……西安骨科医院的大夫见到洛川人说的第一句话是：你们洛川人的腰不好。

洛川苹果对得起李新安的初心，对得起洛川人民的付出。果农的收入仅次于皇城根下靠拆迁暴富的人，洛川的贫困户是全省最少的，贫困情况最轻……

乌孙山下

王兴程

对于我而言，真正的故乡究竟存在于哪一块土地？从何言说？思绪茫然。

那大概是1978年3月初，天灰蒙蒙的，父亲带着继母、姐姐和我来到喀拉达拉时，我看到的家就是两间土房。我记得当时父亲放下行李后，就从邻居那里借来了锯子和斧头，用了一个下午时间，给我和姐姐做好了一张简易的木板床。很多年后，我才接触到命运这两个字，好像是有人说过，命运就是水中的石头，冲到哪儿算哪儿。1978年的春天，我就是被冲到了乌孙山下这个叫作喀拉达拉的山坳里。

夜晚的喀拉达拉，除了河坝里的水声，就是风声。风很大，吹着晾衣绳发出了阵阵哨声。屋内煤火熊熊，邻居们串门时，父亲的一个大茶缸一晚上要泡十几次。桌椅板凳少，继母便在床上铺了块塑料布，有的邻居干脆蹲在了地上。一屋的人从老家说到新疆，又从新疆说回老家，一个晚上，莫合烟头就能丢满一地。多少年以后，我在想那样的寒冬夜晚除了燃烧的炉火，共同的乡音是不是另一种温暖？

两三年之后，新落户的人家逐渐增多，渐渐的一条巷子里，从南到北，房子基本上盖满了，人烟渐渐稠密，基本上都是赣榆老家的。那时的家庭多数相似，张嘴的多，挣工分的人少，家家的条件都很紧张。那时村里人一般不敢轻易回老家探亲，回一次老家要花掉好几年的积蓄。父亲因为要回老家再婚并接回我和姐姐，背了不少债，一直到几年后才还清。

上了初中后，父亲给我们拾掇了一辆旧自行车，姐姐驮着我，风真大呀！喀拉达拉是一个东西狭长的山谷，只有东西风而无南北风。早上我们的自行车是下坡带顺风，姐姐几乎不用什么劲儿。下午放学后，逆风带上坡，父亲交代，让姐姐一个人骑车先回家帮着做家务，我则和同学一起步行回家。那时的砂石路上车辆很少，偶尔有一辆拉煤的车经过，我们就赶快躲到树林里，尘烟滚滚，几乎见不到对面的人，我们却从尘土里嗅起了好闻的汽油味儿。赵文在县城的亲戚家上过几年小学，看过的电影多，经常在路上给我们讲电影。为了确保效果到位，他的动作非常夸张，连电影的片头都不放过：一个金光闪闪的五角星像太阳一样放射光芒，接着出来的是"八一电影制片厂"！赵文有一种编故事的天赋，他可以把自己一知半解的电影进行再创作，然后卖给我们。牛越吹越大，情节越来越玄，终于到不能自圆其说的时候，他就开始转换另一个话题。西风凛冽，赵文忘形地挥舞着双手，我注意到他的鼻涕都冻出来了，讲到高潮时，他狠狠地撸了把鼻涕甩了出去，两只手重新拢到了袖笼里。

而说到村里的电影，真是一辈子的记忆。那时放电影是村子里的一件大事，头一天村里就传开了，家家就像有了喜事一样。第二天下午，大人们早早地就收工回来了，做好饭，炒好瓜子。影幕半下午就拉好了，全村的孩子都集中在了影幕下面打闹。天将黑未黑，待到酒足饭饱的两个放映员抱着机器从队长家出来的时候，广场里掀起了一阵小小的高潮。有人自告奋勇地帮着抬桌子、拉电线、挂音箱。电影开始以后，喧闹的广场上顿时鸦雀无声，人们的眼珠子兴奋得像是跟着子弹在飞，血液也像是在突突奔跑。一会儿，就有人焦急地问："这是好人坏人，好人坏人？"另外就有不耐烦地回道："别吱声！自己看！"是的，穿军装的，长得漂亮的，人们一眼就能认出，一碰到穿长衫和穿西装的，就分不清敌我了。孩子们当然是喜欢打仗的片子了，但是我们最讨厌电影里的开会，太啰唆也听不懂，尤其是国民党军官开会，还夹着一句半句的文言文，会开着开着我们就睡着了。突然一个孩子捅了我一下："打仗了。"枪声大作，冲锋号响起，是我方开始冲锋了。我猛地睁开眼睛，好像是有人已经冲到了我眼前！冲锋过后，双方接着开会，我又昏昏地睡着了。有一次我和几个孩子坐在草垛上看电影，影片里一直在开会，我又睡着了。等我醒来时，场里已是灯光大亮，放映员正在收拾机器和片子，人都走完了。我感觉头皮有些发凉，一摸头顶帽子没了，找遍了四周还是没有。我忐忑地走进了家门，继母看着我光溜溜的脑袋一阵狂骂，吼着我必须找回来。姐姐陪着我又去了一趟现场，我们用手电筒照遍了方圆四周，哪里有帽子的半点影子。

有一次队里原定的是当天晚上放电影，等到了晚上天却下起了大雨，多么地失望呀，所有人都咒起了老天爷。放映员酒已喝，饭已吃，不忍心就此罢手，当晚就在队长家里放起了小电影，影幕用的是屋里的白墙，面积大概有现在的一块瓷砖大小。我挤在几个大人中间，看到队长老婆斜靠在床铺上，嗑着瓜子看着电影，我想这大概是世上最舒服的事了吧。光阴流转，世事变迁，当年谁能想到如今坐在沙发上看电视，是一件最普通不过的日常呢。我真佩服自己的记忆，到今天我还记得那部电影的名字叫《清宫怨》。

冬天的喀拉达拉草枯雪硬，但

是羊还是要放的。冬天放羊都是把羊赶到麦茬地里，羊群游荡一天，纵然吃不到多少东西，但是出去练练腿力也是有必要的。五六家子，甚至是更多人家的羊可以联合起来放。吃过早饭，孩子们揣上一个馍馍，有的还揣上几个土豆就赶着羊群出门了，慢慢地，巷子里羊群越汇越多，孩子们赶着羊群直奔村东的麦地。寒风凛冽，我们就蜷缩在围墙里避风，羊群逆风而行，啃着草往东而去。羊群越走越远，等到快离了视线的时候，就要有一个孩子顶风跑过去把羊追回来，下一次羊群又走远了，再轮一个孩子跑去追回来，如此复始，保证羊群能够始终在我们的视线之内。孩子们拢起麦草点火取暖，临近中午时，有人将馍馍穿到树枝上架着烤，有人将带来的土豆也埋在了火堆里。也有大人和我们一起放羊的，他若会讲故事，便可以不去追羊。有一个叫于来喜的，大我们10多岁，刚从老家来不久，借住在妹妹家复读高三，每个星期天都要帮妹妹家放羊。早上出门的时候，他连妹妹家的一个馍馍都不好意

思拿。到了地里，孩子们便嚷嚷着叫于来喜讲故事。他讲的时候总是心不在焉，讲着讲着突然站起来："羊跑了！"去追羊的孩子，便要求把故事停下来。有时讲着讲着，他会突然拨一下火堆，"土豆熟了"，说着便捏起一个啃了起来，有时啃了两口，里面还是生的，便又撂到火堆里，孩子们一阵哄笑。我们猜想他可能是连早饭都没吃。

那时的连环画和故事会里经常会有穷书生进京赶考，金榜题名，洞房花烛的故事，我因此幻想并喜欢上了戏曲。甚至有一年寒假，我还用纸壳子给自己做了一顶乌纱帽，开心地体验了一把。放学的路上，若是一个人，我就会自编自唱一路到家。初一下学期的一天，我经过村头仓库的一面土墙时，衣兜里正好有个粉笔，我就在上面画了一个戴乌纱的人头，此后每次经过，瞅着四下无人，我就会双手合十叩拜一下，希望他能够保佑我。若有人不便时，便觉得心里愧疚，再次经过时定会加倍补上。此事约持续了一年多时间。现在想起来，让

人哑然失笑，我那时竟如此唯心地给自己造了个大神。可用今天的话来讲，也算是早早地给了自己一个心理暗示吧。

学习要继续，唯有学习才能更好地弥合这种暗示。所以当父亲要送我回老家上学时，我高兴地答应了。两年后，当我回到村里时，土墙不见了，我的大神也消失了。多少有些遗憾啊，就当供在了心里吧！成绩好了，周围赞扬的声音多了，这种暗示越发强烈。直到9月初的一天早上，父亲把一张录取通知书送到了我干活的工地上时，我确信这个暗示已经有了结果。干活的老乡在围着父亲抽烟说话的时候，我拿着这张粉红色的通知书来到了一块偏僻的空地上，对着心里的那位大神暗暗地拜了几拜。

小工不干了，洗脚上岸。离报到还有一段时间，走亲访友、会同学，是辞行更兼带炫摆。父亲当晚就在桌上铺开了信纸，连写了3封信，分别是大姑、小姑和姥姥家，报告家里出了第一个吃皇粮的！等待的日子既兴奋又焦躁，16岁的我对未知的生活既迷茫又期待，一纸通知书好像从灰暗的天空里划出了一道光亮，喀拉达拉的时光就将告别了，突然间我的命运就好像是和这个村庄出现了一道分界……

那年秋天，庄稼早已收完，空荡荡的麦地里杂草疯长，顺风飘摇。细雨过后，天气微凉，远山的顶尖上已经覆盖上了白雪，我独自走向麦地，夕阳正好，天涯似乎就在眼前……那段时间正在播放一部台湾电视剧，剧情不重要，重要的是缠绵悱恻的主题曲，让少年的我内心充满着无限情绪。多年后我曾写过一首诗：

《我前面的山》

…………

如果我离得再远一些
就能够真正看见一座山的样子
看清它储存的雪莲、冰川
一只鹰的背影和岩石上的荒凉
看清它一望无际的葵花，收割后的燕麦
炸开的苦豆子远走他乡

…………

而那时的村庄日渐破败，除了少数的几家盖起了砖瓦房，其余的干打垒和土坯房摇摇欲坠，街巷上荒草丛生，村里的两口井已经被垃圾和杂物掩埋。村巷人迹稀少，难得一个熟悉的面孔，很多院子的门锁早已是锈迹斑斑，已经很久没有人居住了。村庄的破败似乎以一种不可逆转的节奏在持续进行，与之相关的道路农田河流都在呈现出一种颓废。通往县城的道路已经很多年没有修整了，多年前的一点沥青早已变成了混泥土，车辆踽踽而行。农作物价格一直不好，很多村民将土地低价转包了别人后外出打工。而村后的河坝因为常年的乱采乱挖，河流数次改道，河岸不断垮塌，整片的树林都被冲进大河。曾经的村庄似乎已经成了一场梦里的叹息。

一个时代有一个时代的精神图标，一个时代有一个时代的乡愁。而今的农村已不是纯粹的农业社会，但农业仍是一个国家的基础，农业所依托的仍然是农村。工业和信息时代放大了人们的视野和认知，却也带来了更多内心的焦虑和彷徨，农村也不可避免地受到了冲击。国力的提升、民族的复兴，百姓的福祉都需要补齐农村这块短板，只有做到了城乡统筹发展，真正解决二元结构的矛盾，给农村和农民找到出路，才能做到国泰民安。今天我们看到的乡村振兴的浩大工程已在这个国土上徐徐展开。喀拉达拉，这个西部边陲的乡村也将迎来自己的一次升华与蜕变。

先要改变和提升的是生存环境和生活质量，在此基础上，倡导文明乡风，重塑乡村文化，提升精神归属将是顺理成章。

前一段时间，我回了一趟喀拉达拉，笔直油亮的柏油路从县城直达乡村。一座占地5亩多、800多平方米的村委会大院醒目地伫立在公路旁，它的建筑规模和办公条件可以和当年的县政府相媲美。办公楼里有十几二十来个年轻人在上班，夜晚来临时，以往只有城里才能看到的广场舞在村委会的大院内热烈上演。一个村民说，几十年前村里要开一场村民大会需要包一场电影才行，有了电视以后，村干部喊破了嗓子也来不了几个人，而现在网格员只需要在微信群里发一个通知就会有上百个群众来开会。

同全国一样，近几年来，看病、养老、上学、住房等这些基本的生存保障已在喀拉达拉得到全面实施和兜底，解决了千百年来农民这个处于弱势群体的现实忧虑。与此同时无论是居村耕种、兴业还是外出务工，各种政策导向和治理措施都在一定程度上缓解了农民内心的焦虑与失守，让农民多了一份笃定、从容和希望。由此我想，国泰民安这个历史憧憬终将会落到现实的土壤。

最近两年，我家的老屋已被表哥表嫂翻盖，同村里的许多人家一样，他们都享受了国家抗震安居房的政策。很多村民的土地都流转了，享受到了土地承包费的同时，还可以在原有的土地上打工再挣一份收入。众多的农民专业合作社把农民分散的力量聚集了起来，在很大程度上改变了多少年来农民靠天吃饭的依赖。很多牧民已经不放牧了，他们的草场已经成了景区的一部分，著名的景区喀拉峻草原就属于喀拉达拉的一个牧业村，牧民每年的分红也相当可观，有些善于经营的，也在景区开设了牧家乐，连过去用以放牧代步的马匹都在景区成了收入的来源。表嫂利用村头沿路的地势开了一家小超市，收入也很可观。村巷已被铺上了柏油并安上了路灯，夜幕降临时，仍有孩子的玩耍和嬉闹。很多人家都装上了土锅炉或电采暖，自来水已经通到了各家各户，贴上了白瓷砖的卫生间让20世纪七八十年代挑水洗澡的过去已经成为遥远的记忆。宽带早已通到村里，有些年轻人在家里就做起了电商。村民生病了，相当高的报销比例，可以让他们有勇气走进医院。孩子上学寄宿，费用基本全免。当然，我罗列出这些并非仅仅是做出一种赞美的姿态，生存环境和生活质量在一定程度上发生了变化，要说是对生活习俗和人心没有一丝的影响，那也是不可能的。科学的顶层设计与社会的良性演变，让一个村庄不可能仍然停留在几十年山河依旧的自然状态。比如说，村里在各个主要巷道都安放了垃圾池，不可能期望短期内人人都养成垃圾及时入池的好习惯，但垃圾池的存在必然会让一个乱丢垃圾的村民内心有所顾虑，并逐渐养成一种内心的自律。

一切的重塑与回归需要整个社会的多种力量和各种因素的综合发力，从经济到制度再到精神，是一个紧密相连的系统工程。乡村振兴不仅仅是需要改变村庄的外形和提升农民的收入，更重要的是要恢复乡村的秩序，改变它的内核。同时我也认为，美丽乡村在意义上的真正确立，它绝不是人工造景和表面上的浮光掠影，它需要在一定经济基础之上传统精神的确立和人心的回归。人心回到家园是乡村振兴的最终目标。

我们可以确认，小康社会、文明乡风、美丽乡愁已经不仅仅是一个美好的期许，它已经从一个宏大的蓝图设计得到了一个村庄的实践证明。我们也可以这样认为，再过若干年，乡愁也不仅仅是尘土与炊烟、荒草与麦浪、暮归的牛羊，逆风的雪花，它也可能是乡村落日西沉后的华灯初上、林荫路上璀璨的星空和对田园的守望。乡愁这个概念，或许会随着物质与精神形态的改变而呈现出一种新的意识和确认。

回到 20 世纪的 70 年代，那时的喀拉达拉就是一个地道的盲流村，除几户常年在山上放牧的哈萨克牧民外，其余多数都是从内地自流来疆的人员，出来时，他们谁也没有做过长期打算，他们种田打工，勒紧腰带，省下的每一个铜板想的是终有一天要落叶归根。很多人有了一些积蓄后，就回老家盖了新房，而村里的居所能凑合就凑合。近 50 年过去了，有的孙子辈都已经成家立业了，老家的父母早已作古，甚至很多同龄人已经过世。当年揣着积蓄回去盖的新房早已破败不堪，故乡的亲情已经所剩无几，故乡对他们来讲已经是一个陌生地。虽然今天盲流们的口音仍然是乡音，但是词语早已演化成了新疆的口语了，对于多数人来讲，回乡的念头怀揣了一辈子，到老却仍然是埋骨异乡。

一个盲流村的历史是短暂的。虽然短暂，但是中国农村几十年的风云变迁，在喀拉达拉同样上演。盲流一代、二代甚至是三代们，把一个戈壁荒滩，一个暂时的栖身之所硬是建设成了一个秩序规整、生命依存、乡愁寄托的家园。

写到这里，我突然想到，喀拉达拉的历史其实就是一群盲流的演变史。这样的村庄，这样的人群，在新疆的大地上应该是广阔而真实的存在，他们和土著相比，少了一些地域上的文化与风情，和兵团相比，他们又少了一些使命和崇高的意味。但是在新疆大地上，哪一处能少了他们的青春、血汗和坚守？他们同样也是献出了自己，又献出了子孙，这群当年来疆讨生活的人们，难道不是另一种"护边员"吗？

喀拉达拉其实又是一群盲流的创业史。走在村庄的街巷里，徘徊在辽阔的白杨树下，看葵花喧嚣，麦浪金黄，遥想当年一个芦苇遍布、荆棘丛生的戈壁荒滩，已经演变成了生活的宜居之地，演变成了几代人依存与创业的家园故土，一种流年硕果，创业维艰的感慨就会油然而生。

时光明亮，故土亲切，而盲流却越来越少，很多人已经长眠在了乌孙山下，他们留下了曾经的汗血和泪水、艰难和辉煌，回归了河流与山川。现在他们可以安静地俯视这条狭长的山谷，这个他们耕耘了大半生的喀拉达拉。他们离开了自己的出生地，终于给自己创造出了另一个故乡。而今天，对于每一个离开喀拉达拉的人来说，遥望乌孙山下的特克斯河，仍然是乡愁弥漫，但它在历史的传承和现实的对接中已经呈现出了另一种形态。

时间不多了，前段日子，我已经和海波、赵文约好，今年春节，无论如何我们都要回一趟喀拉达拉，去看望一下那些所剩不多的盲流。

让风继续吹

王倩茜

至少一踏进鄂西北，山就密集了起来。

从农耕时代到工业文明，千年甚至万年的岁月里，气势磅礴的秦巴山脉一路蔓延下来，所到之处触目皆是山的痕迹。

从这座山到那座山，鄂西北人民把生存放进了山风的流动里，他们翻山越岭，探索着如何完好无损地生存下去。

山地到山地。

从丹江口市六里坪镇，沿着蜿蜒的关山河朝南走，或者从丹江口的官山镇往北走，就会看到分道观村，一座仅有 160 余户人家的小村。小村庄蹲进山的轮廓里，被一条铁索桥劈开了天地，一切开始了。

从前的每一天，分道观人心惊胆战地走过铁索桥的时候，一定在想，往后的日子，不得不继续依附这座摇摇欲坠的旧桥，从山里往外走。

他们也清楚，再坚硬的铁桥石皮，也终会有磨穿的一天。只是在泥巴土路里，从桥头到村头，从年头到年尾，分道观人认真老实地活着，似乎也无法熬过艰辛的岁月。

仅靠乡愁的情怀支撑是不够的，凡是从传统农业时代走来的大山村民都知道，不走出大山，就无法支撑住整个家族。

一跺脚！李学画就那样走出去了。

他离乡的那天，千禧年刚刚过，雪花碎碎落着，像旧雪，狗粪到处涂抹在路上，几百米的土路走得磕磕绊绊。奇怪的是，一代又一代村人双脚全是泥巴，从来没有把这条路踏平整过。

李学画回头，看见祖父、祖母、父亲、母亲，还有妻子依旧愣愣地站在坳口，雪花爬满了他们的头发。泥泞里塞满了旧碎的脏雪，一脚踩上去，就无声无息化成了一摊水，像极了破碎的生活。

冬天的山风陡峭，从古老的武当山吹来，吹在瘦削的脸上，双颊在发烫，脚跟的裂口让脚底也传染上剧痛。

他这时才意识到，是这几天上山捡柴火太拼命了。

决定要离开的那一个月，李学画一遍遍提醒自己，出门就是为了赚钱的，赚了钱，寄回来填饱全家人的肚子。然而日子是会好起来，还是会更坏，他只能靠想象了。

因此，他刚毅地活着，一遍遍走进山里，一根一根地拢起柴火，几乎打扰了整座山。后来柴火捡光了，他又用镰刀砍下老树枝上的树杈，扎成一捆又一捆背回家。

那几天的隆冬，他站在半山坡，高高地伫望着幽闭的村落，山林尚未清醒，他忍不住号啕大哭起来。比贫穷更困扰他的，是枯枝越来越少，山林越来越荒芜，每一个人都低下了头麻木不已。寒冷，是没有尽头的。他做不了太多事，只有冬天温暖起来，那间土屋里的日子才会真实起来。

他向村外走去，攀爬上铁索桥，这是村里通往外界的唯一交通工具。桥身纤薄地晃荡着，他扛着一个大蛇皮袋，感觉快要被铁索桥绊倒了——差一点，几十年的东西全都倒在了地上，那是啮噬上一代人的心病。

1975 年，修建官山水库时，曾经淹没了上下两个村。水库之上的那个村，就是分道观村。分道观人眼见着，水一点一点地涨上来，耕地一点一点地消失了。

随后，老官山政府也淹在了这场大水里，不久搬到了官山镇上。分道观村人流泪呼喊着，亦陷入更深的绝望，算盘拨拉得啪啪响，全村人均连一亩地都占不到。

黯然失色的分道观人没有想到，很多年后，官山水库里的水也汇入到了丹江口水库，这座举世瞩目的大坝，他们也曾倾囊相助。这是后话。

李学画 35 岁那年，把蛇皮袋子又拖回了分道观村。和蛇皮袋子一起的，还有他病恹恹的皮囊。

他回村的这个 2015 年，扶贫工作队已经入驻了一年。分道观村已然不复平静。严谨又热情的面孔到处晃动着。整座村庄活跃了不少，又陌生了不少。

以往的一切好像要重新梳理一遍，他的童年时代，他的少年时代。记忆应该还是立体的，记忆又好像全都坍塌了。

他的目光在各处滑动，变化是的的确确在发生。

邻居李婶子的儿子牵着外地媳妇回来了，从前两人无论如何都不愿意回来，现在回来了又无论如何不愿意走了。西沟的穷亲戚刚攒下一笔钱，痛痛快快一身崭新。村部的干部不再愁眉苦脸，在现实的生活中有步骤地忙碌着。村头那家差点辍学的调皮小子，大学毕业还壮志要再读下去。满山都是咯咯乱叫的鸡，草丛绿了又秃，秃了又绿。

他在窗户里看着这些动静，心胸也变得宽阔——村里人心里想的，嘴上说的，和从前不一样了，全是精准扶贫啊，生态搬迁啊，技术支持啊，扶持产业啊，一帮一啊。

泥土的鲜香还在，绿树大片大片的，公鸡依旧在空阔宁静的清晨打鸣，斗志昂扬的。只是，土坯房退出了，一栋栋英姿勃发的砖瓦楼房出现了。

分道观村人欢欣地说，你不知道吧，精准扶贫工作队来了以后，马上就开始硬化西沟通主路了。

他囫囵点着头，笑着回话，哎哟，这回我们村终于被照顾上了。

对方像是把他当成了天外来客，继续滔滔不绝，从前啊，我们全村没有一米硬化路，听工作队的人说，再过一年，水泥路就要修到每一家每一户了，家家户户车都能开到门上。

这话说的，又生动又体面。总算找到一个外归人可以完完整整地说上一顿了。

他看着，听着，懵懵懂懂地点着头。他想到手里不到10万的积蓄，愁肠百结。

——在他出门打工的日子里，祖母走了，他来不及回乡见最后一面；祖父没有坚持多久，也跟着走了，他被体力活拴得牢牢的，也无法脱身。老人们双双被葬在了村尾的后山里，空空荡荡的坟头，沉默艰辛的一生。

同样沉默艰辛的，是他自己。这么些年，他从十堰到陕西，从陕西到山西，后来又踏上去甘肃的路，随着黄河向下奔走着。十几年，从青年人到中年人。他终于决定回到分道观村了。

他看到无数张因为希望而兴奋的面孔，他们全家都纳入精准扶贫建档立卡贫困户，可这些都和他没有关系。春天在山坡里浓烈地召唤着他，他躺在从前的草地里动弹不得。

他把自己的日子套在别人的日子里比较，美好的生活和他没有关系——

扶贫工作队驻村的前一年，他还在隧道里埋头做挖掘工，他一边挖，一边大声唱歌，歌声混入了尘土里，碾埋进隧道的更深处。昏天暗地的生活让他急红了双眼，粉末侵蚀着他的双颊，他一把扯掉了口罩。他不想再唱歌，只想拼命地挣钱，拼命地吸入了大量的尘土和灰末，又拼命地想活下来。

那时候，他挖一会儿，咳一会儿。没日没夜。咳一会儿，喘一会

儿。身体和免疫力下沉着。后来，他说话不敢快了，走路也不敢快了，稍微喘一口气重了，就开始咳嗽。谁都没有预料到，他会患上了严重的尘肺病。

2015年，一个身体提前衰老的中年人，被迫回到了故乡。

他仰面躺在床里，不介意被窗外的风吹得七零八散，不介意咳嗽到呼吸困难。他是被人从医院抬回家的，他就快要死了。

妻子流淌着眼泪，快要抓断自己的头发，高音大嗓门直骂他，你可好，在外面花花世界也看了，现在走得倒是舒服。

他没有精神高声对骂。心想那可不是，看了一圈山外的世界，这不是赚了！

妻子回头看见一儿一女在洗衣服，一声不吭，又一击即中地高声大骂，你儿子咋办，你姑娘咋办，我一个人怎么养活？我跟你一起走算了！

他剧烈地咳嗽起来，抖动着他的身体，他不甘心离开这个世界。他草草算计着，洗肺一次要七八千，换肺，天啦，更是天价，要四五十万。

也罢，命都是残缺的了，还是把钱留给家人吧！

他一面咳喘一面原谅了自己，已经不能做任何重体力活了，躺在床上吃喝拉撒一无是处，这更会要了他的命。

他嗅着脖边的土腥味，脸上淌满了泪水。活着的时光没有太多了，他会像他的祖父祖母那样，沉默而贫穷地睡进那坨土包里，和分道观村从此融为一体。

医院里的病危通知书到来后，家里已经准备好了一切，红棕色的棺材刚刚刷成崭新的，悲伤的乐曲时刻准备奏起，家人们流着眼泪收拾他的东西。

没有风。他看着黑白大照片上的自己，一口气闷得难受，他不想让家里人为后事花费太多钱，反而更操心用什么睡姿死去，会更舒坦一些。

有一些人眷恋不已地要告别，又有一些人在蠢蠢欲动等待重生。在同一座分道观村，对立的两面是可以同时存在的。

被武当山半包围的分道观村有161户537人，其中贫困户就有96户319人。一座贫困人口占据大半的环山村落，大半的村民都陷入无所适从之中，他们的人生和思维一样，停滞在了某一个时间里。都是些什么人呢？努力打拼却生活在寒夜里的人，懒惰成瘾而甘愿被一无所有折磨的人。有人爬过铁索桥去近处的六里坪镇，去太阳底下闲逛，再空手而归。日出到日落，破败又清贫的家园。沉闷的呼吸，没什么可失去的，也没有什么值得去追寻的。他们只是活着，再垂垂老去。

谁都以为分道观村是不可能再动一动的了，它不再有吸引力，只能以龟速去追逐时代。但是，扶贫工作队进驻的那年，消息很快就传开了。仅仅过了几个星期，赵之道就回到分道观村。他还差一年才满50岁，背却驼得厉害，头发稀疏，

眼睛周围全是深深的褶皱，快速走向晚年。

年岁大一点的村民看了老半天，认出了他。对，是那个小兽医。嘿呀，咋头发都白光了。

他羞涩地苦笑，寒暄了几句，就沉默着走开了。他不知道说什么才好，回避起所有村人的问候和眼神，又混进建房子的队伍里，一铲子水泥，一铲子石灰，继续搭建自己的新砖房。

他是分道观村的入赘女婿，是从更贫穷的地方走进来的。接着，他住进了妻子家的土坯房里，活得迟迟疑疑。日子越来越贫穷，耕地越来越荒稀，没有黄色的谷物，更没有绿色的禾苗。

20年前，终于辞去了贫乏的稳定工作，小兽医踩着铁索桥离开了，踌躇满志。他先是在某一处的市郊瞎转悠，几乎快要走进了城市。手里的钱越来越少，他模仿着当地人沿着山路找铁路设施。他不知道这叫偷窃。就这样，他糊里糊涂被抓进了派出所。

这场经历几近掏空了他的一切，挖走了青年人的壮志，也涣散了他的目光。好多年，他在船上做机修，在高速公路做维护。脚步零零散散跳跃着，记不清去了多少个地方。哪里需要，他就流浪到哪里。好消息传遍了村庄，坏消息也同样传遍了村庄。他没有颜面回家——其实啊，哪里都可以生存，但是哪里也都不是家。

原本，赵之道计划在建完生态搬迁房后继续出去漂泊。

一个见过世面的男人，用盖一栋房子的方式把自己继续留在山里，继续守着对旧生活的困惑，心里肯定是无法平静的。他是名正言顺纳入政策的贫困户，心有沮丧和妥协，又无法逃脱。可要逃到哪里去？他站在从前的轨道里，现实生活被贫穷揉搓成一团废纸，没有生动的立体感。

他心里生满了铁锈，迟迟钝钝。

分道观村山地太多，每个山脚旮旯都沉积着灰土。少有耕地，或者没有耕地。村民的手掌挥动着锄头，抹满了灰土，嘴里吹着泡沫似的牛皮，传递给了一代又一代。

他看到一只三条腿的黄狗无声无息跳走过来，黄狗上了年纪，眨着小眼睛，饶有兴趣地混迹在施工队伍里。

大时代就要到来了。一个面目端庄的人从他身边走过，朗声说着，那个人吹了一声口哨，摊开光滑的掌心，老黄狗摇着尾巴向他跳来。

他心头一震。

所有的人都在帮他们修葺这座村庄。他们带来了充分完满的生命力。他仔细看过村头的宣传栏，上面写得清清楚楚：2015 年，十堰市交通运输局带领市港航局、市交通物流局、市亨运集团、市公交公司四家单位组成驻村帮扶工作队，进驻官山镇分道观村。

从前毫无相干的人们，现在因为村庄牵连了起来。工作队和村民们一起在山脚旮旯里走着，寻着，一遍又一遍。山地在他们身后延伸着，人变得渺小无比，山地渐渐柔软下来，把最丰盛的内核呈现了出来。

于是，后来被村民们都熟稔的扶贫工作开始了，扶贫队升级了土鸡、土猪等传统养殖，又扶持了火龙果、天麻等新型种植，挖掘出黑龙潭，对接大明峰景区等旅游景点，培育农家乐、采摘园等服务业态。

在大时代里，赵之道终于在这里看到了自己的影子。他左想右想竟想了一夜，决定安然留下来。

当然，在大时代里，李学画也安然地活了下来。

至于为什么，大概——深受道家文化影响的官山镇分道观村，所经历的一切，冥冥中自有圣山的庇佑吧。

老一代讲给下一代说，几百年前修建武当山的时候，这里是中转站，人员和物资皆从这里分流。

分道分道。

老老一代说，分道观是武当山72观之一。

真真假假。村里找不到太多文字依据，无从考证。

只是，从村部西南的路一直往前走，就会遇到神秘的南神道。它是历史存在的通往武当山的第三条神道。从房县通省乡界牌垭进入丹江口市关山乡镇境内。

风从古老的武当山吹来，以金顶天柱峰为中心的武当山位于丹江口的西南面，而官山镇又在武当山的西南面，形成了奇妙的半呵护之势。分道观村的孩子们从小就热衷寻找古建筑的痕迹。在沿途的残枝败叶里，在满是节疤的树藤里。唐代的、宋代的、元代的。那都是武当山大修龙宫时留下来的。

老老老一代人说起官山镇如数家珍，72峰占有19峰（含大明峰真武坐像），24涧享有4涧，36岩占有8岩。

更老的分道观村人抖索着胡须说，天下太极出武当，武当太极在官山。

当分道观村人骄傲地闲逛在这条路上时，一恍惚就走进了历史的轨道里，与几百年间的川陕鄂香客并肩而走，恭恭敬敬地朝山敬香。

关于李学画和李学画们，我们更不妨说，是人定胜天。

他是典型的精准扶贫对象，享有慢性病医保和基本医疗政策，换肺只用承担 10%—20% 的费用。土坯房消失在草垛里，易地搬迁后国家送给他一套 50 平方米的砖混房，一分钱不要，有窗户，有篱笆，有树木，有屋顶。

李学画们没了希望，扶贫工作队和村委会抓住了他们，打捞起了圆圆的希望。

养鸡！喔喔哒哒的土鸡们，包围在 200 米的鸡场产业路里，围网就有 800 米。3000 只，5000 只，8000 只；产业奖，教育奖，务工奖，政策奖；堆积着来之不易的财富，年入 10 万，年入 20 万，年入 30 万。

风吹过来，乡村没了荒寂，李学画不再痉挛似的咳嗽着，叹喘着。他洗肺，吃药，辅助治疗，开着五菱面包车运送饲料，一只小土狗跟着他兴高采烈地忙前忙后。他弯腰轻抚着小土狗，沉静地等待一颗合适的肺。

在分道观村，相对于草木乏味地挡住了视线，还有大山宽厚的臂膀。

有些年份，土鸡的价格，鸡蛋的价格，就在外面的世界里起伏不定。比如庚子年全世界陷入大疫，从前面一个冬天，到后面一个冬天，口罩都牢牢扎在每个人的脸上。城里回来的人说，看这样子，今年的形势不会太好啊，大家提前做好应对准备。连分道观人也察觉到，土鸡养多了会有风险。果然，连锁反应很快就来了。苞谷饲料价格嗖嗖地涨起来了，土鸡养少了，收入当然也低了。但是分道观人还是把脚步吱吱嘎嘎踩在门前门后，该吃吃，该喝喝，并没有生存危机。收入低，意味着风险也就降低了。土鸡卖不出好价格，那就正好节约点饲料，干脆少养一些土鸡，卖不出去就自己吃。

赵之道心里着急，可这总不是揭不开锅的着急。说急也不急，总归是摸爬滚打后的老技术了，外面的环境早晚都会好起来，只要勤劳就一定会致富，等土鸡价格好了再大量养殖。

这人世间可以有狂妄的欲望，可更金贵的是心平气和的安详。

比如在清淡的年份，山村的美显现无遗，慢慢在小楼前的院子里施展开。

他拖来一张躺椅放在白云的下面，95岁的老岳母抱来一件旧衣裳，顺手拿起放在窗台上的针线盒，坐在躺椅上，又开始低着头缝缝补补。他也端来一张小木靠椅坐着，望着远处半山坡，一层层的土坡顺势而下，立满了踱步的土鸡。太阳穿过了白云，老人又热情地找他聊起来了，小伙子，你叫什么啊？你几岁了？孩子多大了？你媳妇去哪了？你吃饭了没？……

他笑着嘟囔，我50多啦，我媳妇就是你闺女，她去丹江口带外孙女去啦。你饿了没有啊？

他进厨房端来一碗黄油油的热鸡汤，倒进老人的白米饭里，老人用勺子慢慢吃着。他挑出几块嫩嫩的肉，夹到老人碗里。半碗咸菜，半碗鸡蛋羹，他们坐在中午的太阳里吃。吃完了喝着绿茶。老人又清醒起来，喊他，道啊，你别忙乎，我去洗刷。

后来他爬到家不远的高地上，那是他的养鸡场，官方说那叫专业养殖合作社。合作社里还有其他几处养鸡场，他家的规模不算最大的。换作往年这时候，山坡早就啃个半秃，几万只鸡早就蠢蠢欲动等待着出栏销售。这清闲的年份只谨慎地养了2000余只。

他继续往山坡上爬，石头里冒出一茬茬鲜草，他小心地避开它们。远处传来一阵犬吠，回过头看，黑龙潭方向走来一个男人和一只小白狗。那个男人和他一样精瘦结实，高高挥舞着手，大声和他打招呼。早几年，他们几家养殖户也一头雾水地瞎忙了好一阵子，后来产业做顺手了，又被驻村队员带着出去跑市场。远处的甚至更远处的大超市、农贸市场，沉甸甸的鸡肉从他们手中到了城里人的厨房里。

万里晴空，芦花母鸡们围着10多只公鸡在争宠。嚼碎了的苞谷，慌乱交错地奔跑，和扑腾起的尘土弥漫在空中，没多久空气又清澈起来。村子的风里有新鲜的鸡粪味，菜叶随风恣意生长着。现在，他坐在石头上准备等那朵云把太阳遮住，烟卷已经在双唇间了，他摸摸索索找打火机，琢磨着晚饭还是继续做老人喜欢的酸菜肉末面。

好极了，一切都好极了。他吐出长长的烟。山里要多安静就有多安静，老岳母还坐在躺椅上，蜷缩着背，淡茶喝空了，她眯着眼把针戳进线圈里，渐渐眼皮重了，渐渐进入梦乡……

后来的日子，时辰尚早，离春天的到来尚早，风偶尔还会沿着武当山吹来，空气柔软了，分道观妇人闲着日子寡淡，索性提着蛋筐往镇上买买卖卖。老李嫂子，走哇——王妈，走哇——各自从自家院子里

出来，结伴嘻嘻哈哈走在村路里，新房的明瓦在阳光中深深浅浅，像穿过一座座古代建筑，朴素，又浸透着道教的微光。

她们没有蹚过漫水桥。老铁索桥变成了老漫水桥，在曾经和现在，都一直架在进村的道路中间。农业文明之下，分道观人对季节有着特殊的敏感。什么时候河槽快要被填得溢出来了，什么时候又风平浪静了，他们自有分寸。

只是这漫水桥被拆了第一层，又拆了第二层，正准备拆第三层时，村人依依不舍，无言抗拒着。这是一座村庄的情怀。桥的那一头是更远的过去，这一头是不远的未来。不变的是山风还是从古老的武当山吹来，外部的世界一览无余了，分道观人该笑时笑，该愁时愁。只是漫山遍野全是希望，一年又一年。

第二故乡槐树坪

马 南

槐树坪村对于我，是人生行走途中一个无法抹去的站台。2003 年的 5 月，我从一所乡镇小学的讲台上逃离，去了秭归的槐树坪村。

在此之前，我也曾很多次从这个地方乘车路过。车窗外的风景，与其他乡村毫无区别。

将槐树坪村推到更多人面前的，是一条名叫九畹溪的溪流。近 20 公里的溪水蜿蜒流淌，线一样串起一座又一座奇峻山峦。一个水上漂流项目由此而生，一经运营，声名鹊起。这个普通的村庄也因此被赋予了无限可能。我跟几个年轻人一样，都决意来这里驻足，寻求新的开始，抑或是捕捉模糊却又自认为有无限可能的未知。

漂流水域在整条溪流中确定了 16 公里，槐树坪村则成为游客来漂流景区的第一个落脚点。我也是在很多年后偶然的一个闪念，发现自己与它存在着某种特殊关系——它何尝不是我人生履历的第一个落脚点呢？回望当初，我和槐树坪村，槐树坪村和我，俨然建立起一种秘密的守候和见证。

从不为人知到接踵而至，这个村庄最初显得拘谨而惶恐。不管是作为漂流项目其中的旅游配套，还是作为漂流的延伸景点，都经历了好几年的摸索与完善。

与诸多景点不同的是，九畹溪漂流受气候限制，黄金期很短。劳动节、国庆节均不在"黄金周"范围之内，唯一能抓住的，就是6月中旬至8月中旬这短短两个月时间，还要排除雨天和汛期。最初几年，槐树坪村还不能跟"旅游新村"划上等号。相反，当旺季到来，游客成倍增长，作为起点的槐树坪村往往捉襟见肘。

进村后通往景区的路很窄。停车场过了上午10点之后，连一辆摩托车都塞不进去。唯一的解决办法就是，旅游大巴远远靠边停靠，游客们下车，在火炉一样的太阳下步行至景区。那种场景，现在想想有些忍俊不禁，更多是内疚和心酸。大巴哼哧哼哧排放着热浪一样的尾气，游客们在光秃秃的山路汗流浃背，行色匆匆。什么都少。农家饭庄少，超市少，公共厕所也少，所以，干什么都得争先恐后。导游们戏谑，去九畹溪，必须要有一副过硬能扛的身体。硬件的滞后影响到游客的心情，嘈杂拥挤中，天更热，温度更高，人也更躁。比任何时候都盼望着炎热酷暑到来的村民们，每天摆在路边的摊位也因此收获甚微。

这是2004年之前的槐树坪村，在火爆的景区面前，它承受着大家有目共睹的尴尬和拮据。而那两年，我也在寻找未知的途中经历着失落和沮丧。原以为隐秘在深山之中的，必定就是世外桃源，然而现实的情况是，我需要面对乡野粗陋的生活环境和游客离开之后的巨大空旷。

跟我一起驻扎景区的还有另外一个女孩，外号"小月半"——她有点胖。我俩合住在一间依岩壁临时搭建的板房里。那时候还没有网络，手机信号也时好时坏。如何打发下班之后的漫长时光成了我俩苦恼的事情。每天傍晚吃完晚饭，我俩大都去河边，洗衣服，或是看人钓鱼，有时候也会什么事也不干，在一块大石头上坐着听歌，一直到天色渐晚。

有天收班比平时早，小月半走了一会儿突然停下来，说想吃"美怡乐"的蛋筒。我俩去仓库找到一辆踏板车，花了半小时将它擦拭干净，结伴去了上游的槐树坪村。车子马力不足，一遇上坡就熄火。一熄火，小月半就让我下去推。那天的上坡特别多，我也不记得自己下车推了多少次，总之等到了村里，我已经连说话的力气都没有了。不幸的是，那天我们问遍村里的几个小卖铺，都没有买到"美怡乐"蛋筒。偌大的冰柜里只有各种水和饮料。为了使这趟行程显得有所意义，我俩各买了一瓶红茶。即便如此，骑车去槐树坪村逛一圈成了我们晚饭后的规定项目。并非有那么多东西要买，我们在意的，是在那一公里不到的路程上的流动。我和小月半都有些感激那个作为目的地的小村庄，无数个傍晚，游客散去，整条溪流归于平静，我们裹挟着景区的空寂，朝那个同样陷入空旷的村庄飞奔，恍惚间有一种相依为命和彼此安慰。

三峡大坝蓄水至175米之后，漂流终点与长江接壤的水位上升，部分险滩化为平湖。为了保证漂流河段的惊险，景区将起点上移，并开始筹建新的游客中心。也是在这一年，槐树坪村开始了规划中的蜕变。

一个承载着旅游兴业使命的村庄是幸运的。蜕变中的槐树坪村，马路干净宽敞，沿河护栏造型别致，雕刻精美。停车场、文化广场、大型餐饮中心相继建立。一个小小的村落，一扫当年的陈旧，形成了集漂流、生态游、农家乐于一体的旅游格局，成为秭归县村级旅游的带头村。

更多的农家乐相继建成，从外墙的标识到厨房的配备和功能划分，都有统一设计和指导。返乡创业的年轻小老板，或是凭着一手好厨艺的大娘大嫂，都纷纷加入其中。印象最深的是那个叫六嫂的人，她只读了小学，开了几年农家乐之后，竟然学会了简单的外语。除了农家乐，沿河道设置的百余个摊位点也让村民们有更多致富的路子，除了跟漂流有关的漂流服、布鞋、雨衣、帽子等必需品，自家产的黄瓜、玉米、红薯全都变成游客的青睐之物。这是全村1500多名村民齐心协力的结果。

旺季忙赚钱，淡季去消遣。槐树坪村民的生活令人羡慕。消遣也不是无所事事，而是另一种励志积极的生活。有的外出考察学习服务行业先进经验，有的开抖音推销农副产品及特产。槐树坪不乏一些稀有宝贝，比如兰中奇品"九畹兰"，其叶形长剑飘逸，叶片中白外蓝，叶肉光滑细嫩，花香超凡脱俗，被海内外视为珍品。相传这是几千年前，屈原在此发现和培植的。再比如曾被乾隆皇帝赐为丝绵茶，以及在三峡石中独树一帜的九畹石。忙碌期间，自家的庭院是一定要布置一番的，伺花弄草，添一些有年代感的老物件，家家户户彼此临摹，互相启发，都倒腾出一个诗情画意

的院子。每天吃过晚饭，溪边随处能看见跳广场舞的队伍，男女老少，乐此不疲。

离开槐树坪村之后，我差不多每年都要回去一次。每次驶向通往村口那条岔路时，心情就会莫名复杂。曾经，我从这里朝外迈出了一步，在我心里，它俨然成了我的第二故乡。这个在外人眼中或许普通的村庄，于我有着非凡的意义。在村庄的那几年，枯燥的生活历练了我的耐心和定力，让我破开迷惘混沌，看清了一条清晰的路，这或许正是我想要寻找的未知吧。

难免近乡情怯，所幸的是，每次回去，村庄都有更好的变化。最近一次回去，河面上那座摇摇欲坠的木桥拆了，建起一座宽15米、可供车辆通行的石桥。石桥不远处，100多米长的火车餐厅成为村口别致的风景。

暮色时分，村民们在桥边人行道或散步，或倚桥而立，俯身看着桥下钓友们的成果。正是5月，凉风习习，每家院子里的花开得正艳。

我沿着溪边的石栏向前行走，青山未老，溪水声一如当初一样湍急欢快。远远地，我依稀看见一胖一瘦两个女孩，正骑着一辆踏板车朝这边飞奔。她们正聊到什么，脸上泛着明亮的光芒。风吹乱了头发，来不及归拢，她们想要快点到达，停泊到那个港湾一般的村庄里。

故乡天气

黄海兮

一

它挂满大大小小蜘蛛网，木栅子的窗户上，清晨的阳光从那里照进来，低潮而幽暗的房子里，我父亲的继父躺在竹床上吧嗒吧嗒地吸烟，他靠在土墙上，那只花猫依偎在床边眯着眼睛。炊烟在村庄升起来，我闻到草垛燃烧时的气味，这种潮湿的气味，中草药的气味，牲畜粪便的气味正沿着秋天的大道奔袭，在房间弥漫。远处的磨油坊传来茶油芬芳的香气，我经常去那里，坐在牛背上，围着磨子打转，听碾子不断地捣碎茶籽、菜籽、棉籽、桐籽发出的声音。一遍，又一遍。我父亲的继父从前是那个油铺的老伙计，从前的磨油坊是个大食堂，他年轻的时候在那里干过事务长，负责全村子的人吃饭的事情。大锅饭吃了不到两年就散伙了，大食堂就改成了磨油坊。七八头牛拉着磨盘不停地转动，那时候我们骑在转梁上玩耍。我祖母一条腿在 1960 年落下残疾，干不了田地里的事情，村里人为了照顾她，我父亲的继父一直在那里干着打油的事情。那座土砖砌成房子，被油烟熏黑的木梁，老去的牛皮挂在墙上，草帽和蓑衣也挂在墙上，不用了，那些坏掉的农具堆在墙角，人们懒得管了。我们小的时候把它当作废铁偷卖给了收破烂的乡里人，换成糖果和冰棒。我们还到附近的矿井拾那些埋在矿石里的金属，经常被人呵斥着：你们在干什么？我们一忽闪就跑到茂密的林子。

几棵老樟树在村庄的下面，它裸露出粗壮的根，十几头牛拴在那里，苍蝇都叮在那里，像钉子一样。旁边是座低矮的土丘，坟茔种在那里，都是老坟，没有墓碑。好多年了，在这个村子建立之前，他们就被埋在这里，荆棘布满了，有一条小道，从村庄的南头连到北头。一个女人吊死在深夜的树下，多年前的时候，她喝农药自杀过一次，被人救起。她还欠万狗家的半瓶农药没还，她就死了。她有一本心酸的

家庭史，她弟弟死于刑场，她父亲死于非命，她的丈夫和两个儿子弃她而去，她守住她的母亲住在娘家。她死后无地可埋，按村子的风俗，她已经死无葬身之地。后来她儿子把她抬回去，我们也不知道她究竟埋在哪里了。那几棵老樟树的命运也和她一起消失了，被砍掉之后一直遗弃在路边。每年发出的芽被人拔掉，它的根最后也枯死了，人们才放下心来。但她的母亲还活着，我那年回家看过她一次，她住在一间潮湿而低矮的房子里，已经不认识我了。有一年，我回到那个村子，他们都搬走了，剩下的几户紧闭着大门，铁锁生了锈，夜里不见灯火。杂草生满了院子，树从青石板的缝子长成树。

他们有些人移民到了镇上，有些人一去不再复返，庄稼地留下来，野草爬满了一地。荒废在那里的烟花厂，伫立着几间小房子散落在坡地上，围墙被人拆走了。这让人想起多年前的一场灾难，它撕毁了那一张张青春灿烂的脸和夺走几口人

活着的生命。看厂的老人还待在那里，他守了好多年，从那以后他再没领过工资了，好在他住的房子还在，他种的青菜和庄稼在那边向阳的山地上。我想那么好的菜地，却不见有牛啃过。我不认识他，他面无表情地看了看我，低头晒着太阳。一条机耕路上以前走过拖拉机，轮胎陷下的痕迹留了下来，雨天积满水，我有时深一脚浅一脚地踩过去。机耕路一直通到山脚下，村子的北头是个碎石厂，现在被废弃了。乱石把一个村民砸死了，半边山的石头也被炸掉了。

我小的时候经常翻过这个山头，向北就能看到长江，坐在凉亭上听江轮的汽笛声。凉亭建在山顶，大约100年的时间，石碑上刻着捐资人的姓名，墙壁上写着一些人到此一游。青石板蜿蜒于山林中，凉山两侧下是凉山水库和万家湾水库，建于1958年。100年的陈迹还有一口井、祠堂和一片桐子林。多年前，煤矿开采到那里，水井淹死了我的堂妹，后来被人用土填埋了；祠堂在"文革"的时候被彻底毁掉了；桐子沟那时候的桐子还能卖到油铺去磨油，村子的油灯都是用它榨出来的油。后来，用上了电，他们把那一片桐子树全砍了，当柴火烧了，只留下一个地名：桐子沟。像我的出生地万家湾一样，只有地名没有人住在那里了。

那时候还有大片的梨树林，我不知道它们什么时候被栽下的。皂树林也是一大片，在村子的空地上，它的果子可以用来洗涤衣物。空地下是万家湾水库，碧绿的水面宽阔地漾着波光。天空下，山鹰徘徊。我记得皂树林的旁边是一口青砖窑，在靠近水库的地方，它隆起的上方，有口眼，是往里浇水的地方。窑烧好了，青砖或布瓦运空的时候，我经常爬到上面去往里看。这是一个外乡人开的窑口，他有40多岁的样子，长着络腮胡子，他什么时候来到这里我已经没什么印象了。他一个人住在窑子旁边自己搭建的简易房子里，有人要建房子，需要烧窑的时候，他才开始忙起来。砍柴和筑砖的事情，人家都准备好，他只要把砖往里摆，再用柴火烧上几天，他就闲下来了。他没事就找村上的人聊天和打牌，有时候也给我们一些糖果吃。他在我们印象中是一个好人，但我们不喜欢跟他玩。因为他不喜欢洗澡，身上散着汗臭味道，头发总是乱糟糟的。后来村子发生一件大事跟他有关。有一次，他和村子一个女人睡觉的事被人看见了，就在砖窑里。事情被人揭发到女人丈夫那里，弄得村里村外，风雨一片。他没法再在这个村子待下来，他连夜带着那个女人逃走了。那口窑子在那年夏天被人砸掉了，长满了草，跟什么事情没发生过一样，那块地又恢复了原貌。

二

有一年大水，山洪泻下来，水库淹没了那个土丘，也淹到了家门口。夏天正奔跑而来。突然有一天，村子来了几个陌生人，他们在村子周围转了好几天。他们好像要到这里

开采煤矿。过了好久，矿井终于在村庄对面的山脚开工了。村上的壮年都去那里下井做工，女人也打些杂工。村庄通了电，孩子们有时候开始彻夜不归，他们整天去矿上玩。矿井开工不到半年就被查封了，煤层刚找到，就不让开采了。他们只能在晚上偷偷地开工。老板开始拖欠村民的工资，他们还是不分昼夜地干着。半边山的枞树也被砍伐完了，老板欠着村里的树款没给，煤矿就透水了。老板跑了，幸好没死人。他们在失望中把剩下的煤搬回了家。

但是没有任何人能够阻止即将发生的一切。那时候石灰窑和红砖窑陆续地完工，它们需要大量的煤燃料。村民开始看到希望，煤炭开始涨价，更多人投身到小煤窑的采挖中来。村子上接连开挖了好几个煤井，三五个人合伙就能开工建设，不久煤就采挖了出来。另一家镇办的河口煤矿在村庄的不远处，也采挖出煤。废旧的塑料和铁，发了臭的朽木泡在被机油污染了的水中，淡黄色的混合液咕咕地从那个大池

塘经过沉淀后，再流到另一个池塘，散发着臭味流向稻田，另一部分流进水库。我父亲曾在这个矿井做过十几年的窑工，我经常能吃一些又白又大的馒头，那时是我最大的幸福。村子的人多起来，有从四川、安徽和福建来的矿工，他们到附近的村子租房子，他们很少拖家带口。

我记得有个四川人，他带了一个比他小很多的女人住在村子上，女人平常给他们的老乡洗衣，有时闲的时候帮他们做饭。村子有几个青年没事可干经常找她玩，时间长了，就有各种故事在村子流传。我见过这个女人，她喜欢穿碎花格子的衣服，人长得很漂亮，白皙的脸上笑起来有两个酒窝，夏天来了，身体饱满地四处散出青春的芬芳。她从村头那条小溪经过，或者她从青石板的小路经过，她通常会引来男人们的观望。晚上还有大胆者爬到窗格上看她睡觉和洗澡，人们津津乐道于她和某某种种风情韵味。

我记得她在村子是最后一个离开的，她的四川老乡都走了，她丈夫死在矿井里，赔了4000元钱。她守了7天灵柩，把他埋在山里一个废旧的矿井旁边，她还栽了几棵柏树，柏树活了两棵。后来有一年她还回来看过，她带着她女儿一起来的。孩子四五岁。她在村子还借住了几天，她在我们看来，还是那么地好看，那么地饱满，而且她和从前一样话还不那么多。

父亲那年也在矿井中受了重伤，病好后，他在家休息了半年。这半年里我帮我父亲站岗，去煤矿偷偷拿回了几棵可以做木梁和门板的枞树，在风高月黑的夜晚，想来真是可怕。半年多的时间，我在出门时总害怕地过着，好像背后总被人盯着。有一次，我们村一位青年去煤矿偷了雷管和炸药，被人举报了，被关进了劳教所。那时他家里也穷，他还有一个残疾的父亲等着他去养活。庄稼又没法种了，被污染的水浇到田地里，禾苗就枯萎了。我们全村人想着办法凑了1000元钱把他从劳教所要了回来。我家那次也拿出了钱，是我父亲把那几棵枞树卖掉换回来的。想起来，我心里现在都不是滋味。

那一年，福建的窑工带走了我们村最漂亮的两个姑娘，这件事在十里八乡掀起了轩然大波。有人说，福建人品行不好，也有人说，是姑娘耐不住寂寞，整天往男人怀里钻，是饥不择食。还有的说，这两个姑娘是看上福建那个包工头的钱，享福去了。有几个好事者一天夜里跑到矿井找福建人闹事，后来领导拿了几条烟，大家都散了。后来跟着外地矿工远走他乡的女人多了起来，大家觉得也平常起来。

煤矿在不断地被开采，秋天来的时候，那片稻田收割后，下了几天秋雨，稻田还多处深陷进去一个大漩涡。有的人臆想一些事情让他们开始迷信起来，他们请来巫婆和道士做法事，并且搭台唱戏，驱赶妖魔。但这并没阻止正在发生的一切，有的房屋也开始出现裂缝，地基下沉。这是不祥的征兆。水库的水位在急剧下降，在第二年夏天来临的时候，几场大雨也没能挽回

它干枯的命运。他们开始联想这一起发生的事情，有人终于想到这些事情的幕后凶手是那些大大小小的矿井。他们开始到镇上反映情况，执法者用炸药彻底毁掉了那些无证经营的矿井。但山泉在夏天还是消失了，他们不得不到很远的地方挑水吃。这样的日子持续了差不多5年，他们在到处打井找水，都没有成功。

富裕的人家开始搬家了，把房子建在马路旁。愿意搬家的由政府移民建镇，每户补贴了1万元，这只是杯水车薪，他们像那片稻田一样陷于又一个旋涡中……他们中有我的同龄人，而越来越多的年轻人去了更遥远的南方，把命运的全部交给了未知的明天。其中有人去了10多年，没有返回故乡，他一个音讯也没有，他走的时候他父亲还活着，他母亲还守在自己的土地上。他仍旧没有音讯，他的父亲死了，他的母亲回到她儿时的故乡，去了新疆。他的房子墙体开始斑驳，没有人打理，雨从屋檐漏下来，深深

的一道痕迹，长着青苔，窗子结着蜘蛛网……

他们终于将自己搬走了。连一点遗憾也没有。

我叔叔来电话告诉我，他终于可以逃脱那个鬼地方，他可以重新构想自己的现在。我想这也许对他们说意味着好事，他们离城市更近，或许可以找到更多机会。但我不知道这样的结果是他们事先预设好的吗？他们一步步地把自己逼到没有退路时，他们就和我一样成了没有故乡的人。

三

我们都无法预知自己的未来，当我们拼命地往一个方向赶的时候，一条铁路开工了。他们耕种的土地被卖掉，房子被拆迁，他们好多人趁此机会把房子搬到了镇上。他们都成了游手好闲的人。河口煤矿在这条铁路没有开工之前就关闭了，它因坍塌事故死了几个矿工，水泥厂有一天没一天地冒着烟，他们干活没拿到钱，也不干了。有人被机器废掉了一只手，他不停地回到那里，没有人将这件事承担起来，水泥厂又被易手了。那几口粗大的烟囱还在，围墙被附近的村民推倒了。杂草长满了那个院子，旁边的庄稼地也荒在那里，落满灰尘。

在我的村庄，有几处没搬迁的房子还留在那里，有几个老人守着，屋里沾了灰尘，没人打扫，年轻人很少再回来，土地闲置起来，庄稼没人种了。被拆迁房子的地基上也长着杂草和树，已经找不到路了，残墙断壁留在那里，新建的祠堂还留在那里，土地庙也留在那里，树疯长成一片大林子。水库开始蓄水，还有几只野鸭子游在水面上。

我没想到。

我没想到的还有一件事情，在万家湾水库堤坝下的那个油铺原址上，有人建了一个小炼铁厂，污水又流到稻田里。有各地的民工二三十人，像从前那些矿工一样是四川人、安徽人，或者河南人，当然也有本地人，他们又回到了我以前的村子，租住在那里。我来不及去想这些事情的时候，铁路边上的一条公路又动工了，征地、拆迁——他们都抱怨钱分得太少了，抱怨自己为什么当年不要那里的田地，甚至有人想些办法把乱坟岗上的无名墓碑迁到公路修建经过的地方。我们村子发生了许多事，有人喝农药自杀了，有人疯掉了。想起这些年，在我经历过的那片村庄上，他们经历的那些不平静的生活，我总是不断地安慰自己，时间过得真快。

如果还有事情要想起来的话，我觉得有个人，我应该写到她。我已经忘记了她的年龄，我小的时候，我觉得她已经老了，20多年过去了，她还是很老。但不久前，她死了，没有人为她送终，他们就把她埋了，埋在她儿子的身边，没有墓碑。她一个人生活了很多年，年轻的时候死了丈夫，老的时候死了儿女。她辛苦扯大的儿子死于矿井瓦斯爆炸，后来煤矿塌方，连尸体也没分辨出谁就埋掉了。

她的女儿结婚不久跟一个外地人跑了，她无可奈何。那时候，她被一村的人瞧不起，她见谁都低着头，有种埋在心底的自卑感，她羞于见人。那些年，她爱跟我们这些孩子玩，而大人们总是让我们躲闪着她，他们说，她是个不吉利的人，是颗扫帚星，沾上谁的话，谁就会有霉运。我无法读懂那时候他们复杂的神情，这大概就是我知道的那些村里人，其中也有我的父母……

那一年，我的父亲母亲离了婚，在我少年的心灵烙下深刻的阴影，我害怕见到熟人，害怕别人知道我的家境。我不知道自己为什么总有那种无谓的担心，我在村里唯一不怕见的人就是她了，我喜欢听她给我讲的那些自己和村庄的事，全是快乐的事，我现在还记着那些事。她是个了不起的人，她把悲伤留给自己。有一次，我回到万家湾，她还能认得我，拉着我的手不放，她说没想到啊，真的是你，这么多年，啊，你还好吧。那是我最后一次见她。我塞给她一些钱，她不要。我说，你留着吧，买点油盐酱醋。她是我们村庄最后一个老人。

我的祖母死的那年，我在西北偏北的地方，她很爱我，她是这个村子活得最久的老人，她活了85岁。她在我记忆中是那双皲裂的手、皱纹深刻的脸、苍苍白发、昏黄的眼神和不灵便的腿脚，它构成了我对村庄最初的了解，它是有历史的，是经历着的过程，她完成了她的曲折的一生。她的记忆没有童年和故乡，她小的时候从哪里来，她已经没了记忆，她的姓氏，童——也是被人反复辗转的时候留下来的。她来到我祖父家的那年12岁，民国二十二年，即1932年。她1932—1950年生活在下黄湾。期间我的父亲出世，祖父死于1949年，疾病，病因不详。1950—1986年生活在万家湾。母亲（刘氏），童养媳。1960年祖母左腿落下残疾，病因：风湿。我父亲的继父死于1995年，终年72岁。1986—2006年生活在下黄湾，期间父亲母亲维系多年的婚姻结束，姐姐出嫁。

祖母在2004年大病，从此卧床不起。

这是她全部的历史，只有大概，被省略掉的句号。村庄可能到我这里也结束了，它留下的是那些地名和姓名，甚至连姓名也被人忘掉了。

十 年

忽 兰

这是我点对点扶贫十年的真实故事。

我和重庆酉阳铜鼓乡红井村土家族姑娘刘红梅的缘分始于村花滩小学的数学老师何春花。她也是土家族，是一名散文家和小说家，重庆文学奖获得者。

酉阳在中国乃至世界都是非常有名的——中国是世界青蒿栽培的发祥地，中国青蒿栽培始于酉阳，且酉阳的青蒿青蒿素含量最高。近年来，酉阳县的青蒿种植规模非常大，较小的乡镇都能达几千亩，因此酉阳享有了"世界青蒿之都"的美誉。

刘红梅是何春花的学生。她在小学五年级的时候我们相识。2021年的她已经是重庆医药高等专科学校中药学专业的大三学生了。

10年前，在重庆上清寺一间酒店，春花坐在一张大圆桌旁，圆桌坐满了人，几乎可以把她淹没。那一年的春花26岁，瘦瘦的，大笑，好听的，大声说话。我蓦地抬头，看见她黑黑的眼睛。春花说了什么？她就像一只手猛地掀开一扇竹帘，劈面而来，她说："我的班里有个孩子，亲生父母都去世了，你们谁愿意帮助她？"

春花来重庆参加文学讲习班，然而春花不忘记一定要把这句话说出来。我举起了手。我对春花说，我愿意。

我对红梅的扶助今天回头看去主要有三个方面，一是生活费和学费的资助，二是衣物的援助，三是在沟通中了解并解决她的心理难题。

10年前的那个腊月寒冬，春花去邮局取上我从北京给红梅寄的

何春花和刘红梅

第一个包裹，坐上大巴从酉阳县城往红井村去，送到红梅家。因为年三十就在近前了，红梅和她的奶奶、妹妹，收到春节应该吃到的糖果和穿上红色的新棉衣，会有多开心。

春花的家在县城，离红梅的铜鼓乡有一个小时的车程。而且是山路，天寒地冻，箱子又重。春花是红梅的数学老师，不是班主任（似乎只有班主任才像操心的妈妈）。她知道糖果和红衣服的重要，放假在家里，也要去邮局，又来到铜鼓乡。下午送到红梅家，发现包裹取错了，打开一看，是一箱子西南大学的毕业证书。春花赶忙转回县城邮局，终于换到对的，再次往铜鼓乡的村里去。到了晚上，春花告诉我，正确的包裹已经交到红梅的手上了。我放下心来，这个年，红梅和妹妹很开心是重要的事情。春花那天有多辛苦，可想而知。

红梅那时拘谨客气，略略的矜持和茫然，我们在电话里心的电波第一次冲撞时，一切其实都是未知的。但是又知道，这遇见是要勇于

面对的。红梅说，妈妈，我应该怎样感谢你呢？我说，那么你就一直做正直、善良、上进的孩子，有力量把爱带给奶奶，带给爸爸，给妹妹，给身边的人，几年以后，你出来读大学，站在我的面前，就是对妈妈最好的回报。

红梅能懂得我说的话。她是个极认真的孩子，字写得漂亮，在学校里有正气。校外的小混混来班里敲诈有钱的孩子，是红梅站出来举报的。春花告诉我时，我想起红梅堂堂的模样和声音就感到欣慰。

我问红梅，爸爸回家过年吗？（红梅的养父，姓冉。酉阳冉姓土家族的人多，是小说家冉正万的祖居之地，是著名诗人冉冉的故乡。）红梅说，爸爸买不上车票，不回来过年了。

读小学五年级的刘红梅

红梅的养父在浙江打工，微薄的收入供养着家里的老母亲和两个不是亲生的女儿。不能回家，意味着辛劳一年也并不能够用短短几日家的安逸犒劳自己。这究竟是一件令人心酸的事情。我不由地想，红梅啊，我不出现你该怎么办啊。这样想的时候一点儿也没有不好意思。我就是这样想的，我不出现，你如何披荆斩棘，一个小小少女，怀着爱，却没有贴心的爱接应，那么，你如何在这挤挤挨挨的世间活得自尊而稳当呢？

2014年夏天，我去重庆，约红梅见面，她从铜鼓乡红井村到酉阳县城，在春花家住了一夜，第二天春花把她送上长途客车。我们在重庆汽车站见面。

我们去吃肯德基，去吃火锅，在雨中打着伞，在大礼堂前请路人为我们合影。红梅和我盘腿坐在宾馆的床上，我听她讲家里名叫大黑的大猪，红梅告诉我她的理想：要做一名兽医，大黑它们生病的时候她能照顾它们。

在重庆大礼堂，和红梅。

我和红梅相处了一天一夜，我牵着她的手，她的手粗糙厚实，十指关节已肿胀变形，14 岁的女孩却有一双中年劳动妇女的手。这双手每天打猪草，熬猪食，种庄稼，做饭洗衣。红梅说，有时候心里很难过，因为不知道未来究竟会怎样。我对红梅说，初中 3 年高中 3 年，6 年很快就会过去，将来你进了大学还会想念和奶奶妹妹在一起的劳动时光呢。

红梅笑了。红梅的痛苦——家务的繁多，农活的沉重，奶奶的年迈，妹妹的幼小，养父的分文无有，老屋的简陋贫苦——然而我的一句

宽慰的话她就信了，就笑了，就抒怀了。她的细细的微微肿泡的眼睛看着我，似乎在问我她果真能够进入大学？我说，当然能，哪怕学个兽医，自己开小动物诊所。

我送她去汽车站，接到红梅养父的电话，他的声音文明而年轻，清朗真挚，他说，谢谢你对红梅的好。

他在浙江宁波某村打工。酉阳有一大批农民工长达 10 多年结伴在那里做建筑工人。怎么说呢，外出打工的男子里有一大部分是本分而善于攒下血汗钱的，这些钱一年年带回来，或者把老屋重新盖起，或者到县城里买楼房。但是也有一小部分是不善于有所积累的，他们如果是单身，就一定要找女朋友，或者也有不是单身的，妻子留守在乡村，不安分的男子则有着临时的"妻子"一起生活，这样生活方式的男子，血汗钱便总是积攒不下来。那谈女朋友的男子，一个接一个地谈下去，也认真地到了春节的时候把女子带回家，但第二年或者第三年便结束了，再谈一个，结局就是两

手空空。反而是夫妻结伴出去打工、夫妻感情甚笃的，不仅互相照顾，还能积攒下钱来，寄回老家，赡养老人，抚养孩子，起新屋。

爸爸这个春节不回来，因为买不上车票。红梅在好几个春节里这样对我说。爸爸寄回来的钱不多，因为他总攒不下来。我依稀记得红梅如是说过。那年我在长途汽车站接到红梅养父的电话，为他清朗诚恳的声音所放心。我对就要分别的红梅说：红梅你是大姑娘了，是爸爸的懂事的女儿，那么你也要教教爸爸怎么生活才对啊，你要在电话里告诉爸爸不要耍牌，不要轻易就交往女朋友。

后来春花告诉我，红梅的养父开始往家里寄钱了。春花说，一定是受了你的影响。我们一起大笑起来，为着一种成功。这个世界上没有坏孩子，只有没有被教化好的糊涂孩子，只要给小草一点阳光，它就能够从石头缝里向着蓝天。

我在2018年8月末去甘南出差，返程转道重庆，再坐长途客车向西阳来。很多年了，我对自己说，我要去西阳看看春花，看看春花的爸爸妈妈，看看红梅，看看红梅的奶奶和妹妹。很多年过去了，我这才来，果真来了。

我和春花一起到西阳铜鼓乡红井村。

重庆西阳铜鼓乡红井村

姐姐，你看这座山高不高？春花指着一座大山让我看。这是往酉阳县城方向的山。春花说："我读师范的时候每个周末爬大山回家，要走很快很快，下山的时候几乎就是垂直地小跑，不然太阳就落山了，等我终于跑到山脚下的时候，太阳哐当就掉下去了，我的脚腕一点儿力气都没有了，每次都这样。"

春花说，读师范家里能给的就是伙食费，没有钱坐汽车回家，没有钱买衣服，就穿同学不要的，袖子是烂的就挽起来别人看不见，但从来不给爸爸妈妈说这个。

春花的父亲是中国第一代农民工，20世纪90年代进城修楼，在工地上一干20多年，直到2018年才回到家中。他的腿因为工伤走路是跛的，他不善于言谈，总是长叹：再也不出去了，她们都不让我出去，其实看工地这个活儿我还是能做的。

春花的母亲，土家族女子，白净的面庞，花白的头发盘起来，眼睛细眯，温蔼地笑，不多言不多语，做事的姿态柔曼。油炸洋芋片，蒸香肠，辣椒炒腊肉，红烧蹄膀，炸红椒，炒合渣。在这栋清凉的水泥二层楼房里，春花的母亲把三个孙子养育大，他们如今都在酉阳县城读中学。

我向春花了解了红井村农户医保缴费和报销情况：农村医保（一般农户）缴费，一档农户交280元，二档600元，三档900元，二三档为自主选择，一档为基本医疗保险。另外政府补贴400元的门诊费用，实际一档金额为680元。住院报销比例一般在80%左右，具体是按照年龄来计算。

基本社会保障养老保险：农村人口基本缴费为100元一年，交满15年，60岁以后领取养老保险金约为127元左右，具体核算领取金额以重庆市农村人口年均纯收入浮动。养老保险也可自主选择其他档次缴费：二档300元，三档600元，四档900元（封顶），到时候按照缴费比例领取养老保险。

我和春花在红井村她家的老屋前慢慢走，我看见一小片竹林，一棵三四十年的橘树，一条弯弯地下到田野里的小路。春花说："我就生在这个老屋子里，我就在这个小竹林里玩大，每年深秋的时候我就央求奶奶用竹竿够橘子。"

春花又对我说，你看那座山。我顺着她的视线仰脸看去。春花说，红梅5岁的时候跟着她的继母，还有刚出生的妹妹，从那座山来到我们村。

先是红梅的亲生母亲去世，留下红梅和她的父亲。红梅的亲生父亲娶了继母不久，也去世了。红梅的继母带着红梅去往那座很高的山上嫁了人，生下与红梅没有血缘关系的妹妹。红梅的继母嫁的男人随后去世。红梅的继母在2005年，带着5岁的红梅和襁褓里的小女儿，从山上走下来，走向红井村一户冉姓土家人，这个家里有个生于1973年的土家男子，他娶了红梅的继母，并诚心地接受了红梅和小妹妹。

春花望着那座大山对我说，那一年，红梅的继母带着她们两个从那座山上走下来。

我们在夕阳里久久地望着那座山，那一年的什么季节呢？风冷不冷？红梅她们娘儿三个怕不怕？但是大约一定是不怕的，土家人的心在那时到今天都是好的，还没有被物欲恣肆的世界糟蹋掉。他们常常看起来很安静，充满沉思，生活起来写作起来，却有饱满的激情，铿锵的正气。即使春花热爱大笑，但我好几次看见她的侧影是完全的澄静，淡淡的忧伤，一个成熟坚定的女子，因为命运对她的淬洗。我曾经责怪春花的散文里太多悲伤和愤怒。但是我又反省，难道我们的文字一定要老练到凡事凡情按下不表？

红梅的继母和冉姓的土家男子没有孩子。红梅的继母在嫁过来不久，放下两个女儿，一个是继女，一个是亲生的，这个女子悄无声息地离开了红井村。她离开的时候一定是夜深沉的时候，顺着记熟的山路，翻过一座高山，进到酉阳县城，出现在长途汽车站，怀揣着微少的钞票，去往不可知的远方和命运。

她走了，就没打算再回来吗？

她真的再也没有回来过，这一生都不会回来了吧。红梅领着妹妹在冉姓土家人家里生活下去。这个家里有一个奶奶，一个喊作爸爸的男子，奶奶还有一个女儿，在外地打工，他们打工赚了钱便会在酉阳县城买楼房。红梅的土家族爸爸也是要去外地打工的。家里总是只有奶奶和两个孙女。红梅上小学了，妹妹在家里坐在门槛上玩，每天等着红梅放学回家。奶奶在地里种水稻，种黄豆，种花生，种洋芋，种辣椒和茄子，奶奶家里养了两头大猪。红梅长大了些，可以砍猪草熬猪食了。红梅长大了些，可以洗衣服做饭了。红梅长大了些，是花滩小学的十佳少年。春花还告诉我，红梅在班里最勤快，脏活累活抢着干，而且做得很好。

我曾经一面为红梅的正气勇敢勤劳欣慰骄傲，一面又担心她不够爱自己。人性复杂，社会藏恶，我的红梅一路披荆斩棘向前，我愿给她温暖宽厚的怀，给她自信，给她慧眼，给她安全。

我和春花从她家老屋往田头走，阡陌交通，鸡犬相闻，有一个做墓碑的石匠，在咔咔的机器琢磨石头的声音里，天空扬起淡淡的白色石头粉。生者和死者的世界圆融无碍，朝夕共处在这乡村大地上。我曾经想过红梅的亲生母亲，亲生父亲，是否在天上注视过我。

孩子们读书，上大学。这才是酉阳铜鼓乡老人们的最高愿望。我们去红梅奶奶家。红梅的妹妹已经上五年级，抱着名叫小黄黄的猫咪，严肃地看着我们。邻居的女人去花生地把奶奶叫回来。这位70多岁近80岁的老人，用了10多年的时间拉扯大无血缘关系的红梅和妹妹。她是矮小的，佝偻着身子，为我们烧水沏茶，我们并排坐在小方桌边，都不说话，微微笑着，像是一种仪式，像是一种回顾，像是我们在心语。什么也不用说，其实什么都懂，终究是欣慰的，为着大家都安好，为着新的一代是健康的，正气的。泥黑色的墙上贴着红梅和妹妹的奖状。妹妹在幼儿园的时候就有"乖孩子"称号了，小学的时候获得歌唱比赛一等奖。告别的时候，奶奶问我，红梅考得起大学不？我使劲点点头，考得起！奶奶的眼睛在那一刻很亮很亮，然后奶奶就笑了，像是全世界的花都开了，像是一生的辛劳、苦难和拮据，全都解除了。邻居的女人对我们说，奶奶已经享上红梅的福了，红梅每周末从中学回家就要洗被单洗衣服，扫院子做饭。

奶奶和妹妹再过几天就要离开红井村了。奶奶做不动农活了，在酉阳县城里买了楼房的女儿接老妈妈到县城里安度晚年，红梅的妹妹一起去，在酉阳县城读六年级，她将要在酉阳县城读初中读高中，然后像姐姐一样，考大学。

我在很久以前对红梅说，你知道为什么一定要读大学吗？因为你只有读了大学，有了好的生活，你才能帮助妹妹读书，回报奶奶和爸爸。

红梅果真能够按照我们希望的这条路一路走好吗？

当然能好。我在到达酉阳的当天夜里，和春花一起去酉阳二中看红梅。晚自习的教室里灯光通明，红梅跑出来，抓住我的胳膊，喊了声：妈妈。红梅告诉我们，她在全年级1000多个孩子里排名中等，那么考上大学应该是没有问题的。我能说什么呢？每当孩子们懂事上进的时候，我只想说一声谢谢。红梅穿着一件红T恤，我再仔细看，是我穿过的旧衣服，寄给她，她就这么自然而然地穿着，毫不嫌弃。我搂过她的小小的肩膀，就像搂住另一个自己。

在酉阳返回重庆的路上，我想着红井村春花家附近的两口井。其实它们不是传统的井。它们是山泉水冒出来，人们为这珍贵的泉眼盖上一个顶，水取之不竭。春花弯腰让我看这伟大的井，她说，我从小就是喝这个井里的水长大的。

现在我一回望红井村，就想起那座红梅娘儿三个向着红井而来的山、春花读师范的时候每个周末踏着夕阳飞奔回家的山，还有这两口清洌洌的山泉井，那泉水轻轻荡漾若蔼云，就在我的心上流淌。

春花说，红梅读初中的时候从来都是走路回家，为了省下5块钱。开大巴的司机好几次对春花说，那个红梅妹妹从来都是走路不坐车的。

大巴车从红梅身边急速驶去，红梅急急的脚步，我今日的微笑，当然有眼泪。

我在这已经度过的10年里训斥过红梅两次。一次是她高一的时候打电话告诉我她的愿望是去长沙，站到一个著名电视节目的红地毯上唱歌。她那段时间的微信上每天都是她的K歌，她的英语成绩一败涂地。她本来是笑嘻嘻甚至骄傲地对我大讲特讲她的辉煌愿望，后来啜泣起来，痛哭起来，因为我训斥了她大约一个小时。我说，你完蛋了，你前面的路就是进小餐馆洗盘子，早早嫁人，养猪下地带娃。

不切实际的虚荣心比贫穷更可怕。这句话我不能对红姑娘说。但是我挺害怕，我心里没把握红梅的命运究竟会怎样。

第二次训斥她是高中毕业填志愿。她曾经有学医的理想，但是她自己都忘记了。我帮她想起来，几乎是勒令她填报医科院校。她当时正在犹豫要不要报考机械院校，据

刘红梅在大学里

说毕业后能进军工企业。她说，妈妈，不知道是不是也穿军装呢。

我心想她的虚荣又来了。我问她，你热爱机械专业吗？她说，不热爱。

她听我的话填报了医科院校，最后索性就填了这一个志愿，她突然想明白了不学医毋宁复读再考。

她考取了，虽然是大专，但已经是欢天喜地，她所在的那个村子当年能有孩子考取中专就很了不起了。

2021年红梅给我写来信：

妈妈，为什么我这么幸运，总是有这么多人帮助我。妈妈，我真的是最幸运的人了，很感谢，很感动。小时候命运和生活坎坷，但是现在越来越好了。妈妈，我正在预备专升本。很感谢冉正万叔叔、冉冉阿姨、王春阿姨、王会敏阿姨、武欢欢阿姨、千夫长先生、施战军先生对我的帮助，我会努力学习，请妈妈代我转告。

妈妈，我很感谢你一直以来对我的关心照顾和爱。我记得小学六年级时我来重庆找你，你告诉我心地善良的人终会遇见善良的人，所以我和爸爸奶奶相遇了，和妈妈相遇了。然后我就一直把这句话记住了，一定要保持善良。

这十年你经常给我寄吃的穿的，给我钱。我的同学会问我你是谁，然后我就会把我们的故事讲给她们听。她们总是会问你是爱心人士吗？资助那种。我说不是的，你是把我当做了亲生的女儿，我们不是资助关系。她们就说，你以后一定要好好感谢孝顺你妈妈。我说肯定会的。即使我现在还不知道自己的将来如何，但那是做人的原则。妈妈，谢谢你！

妈妈，我很热爱我的中药学专业。诺贝尔医学奖得主屠呦呦创制出新型青蒿素，能够有效治愈疟疾，她是我们祖国的骄傲，而机缘巧合的是，青蒿是我们酉阳土家族人的骄傲。妈妈，等我取得了中药学的学士学位之后，我就会回到生养我的酉阳家乡，成为青蒿素人的一员。

一场婚礼

龙仁青

　　后来我一直在想，也许，我们是受邀去参加了一场婚礼。那里的主人，是天使的化身，他们以凡夫俗子的身份款待我们，并引领我们看到了婚礼上最为华美的场景，而他们的形象，也蒙骗了我们的眼睛，我们没有发现他们天使的脸庞和翅膀，只看到他们平凡又世俗，如我们一样。

　　盛夏7月，去了一趟玉树。如若是往年，此时恰是举办一年一度玉树赛马会的季节，今年遭遇突如其来的新冠疫情，赛马会被临时取消，而草原上的大美，依然是往年把赛马会衬托得无以复加的大美：大地完全被绿草裹拥，冬春时节的嶙峋与荒芜，此刻荡然无存。绿草勾勒出了大地凸凹的曲线，显露出了她的丰硕肥美。野花散乱在绿草之中，深紫、浅粉、鹅黄、宝蓝……它们或一朵一朵，或一束一束，或一簇一簇，或一片一片——大地身着紧身的绿袍，那些花儿，则是随意绣织在这身绿袍上的装点。如洗的碧空，碧空之上看似淡然，其实骚动不安的白云，永远是大地隆重亮相的背景。

此行去玉树，是应了青海省作家协会组织的采风活动。一行十几人，皆是相互稔熟的文友，性情相投，话更投机，一路上的欢声笑语自不必说，到了玉树，大家关心的话题也几乎一致：这里是山之宗水之源，是三江源国家公园试点建设的核心区，多年的生态文明建设，有了哪些眼见为实的改观？这里物产单一，人们的生活水平较低下，锲而不舍的脱贫攻坚工作，有了什么样的成就？我们到达之前，事先联系了玉树州作协，他们为我们选定了一些具有代表性的采风点，这些采风点散落在玉树州囊谦县、称多县、杂多县等不同的地方，或是一处村落，或是牧人们的夏窝子，或是从草原搬迁到县城，坐落在县城小区里，俨然已是城里人的牧户。除此之外，大家也一定如我一样，藏着一颗充分感受"草原最美季节"的私心。

我们要去的第一站，是称多县清水河镇文措村。这是一个地处巴颜喀拉山山麓的小牧村，海拔4700米。据玉树州作协主席秋加才仁介绍，这里虽然有着广袤的牧场，但地势高，气候寒，牧草稀疏。以前，这里的牧民以每家每户为单位，单打独斗，抵抗不期而至的旱灾、雪灾，往往身单力薄，在自然灾害面前束手无措，损失惨重。这些年，清水河镇科学规划，因地制宜利用草原资源，通过以村为单位、以社为分组，有效整合牛羊、草场、劳力等资源，不断增强牧民抵御自然灾害的能力，走出了一条让牧民们"抱团取暖"，团结协作的生态畜牧业发展之路。

我们在玉树州政府所在地结古镇休整了一夜，第二天一早，吃完早餐，便向着文措村进发。当汽车离开柏油公路，拐向一条颠簸不平的山路时，有人便问陪同我们一起前往的秋加才仁："多长时间能到？"

"半小时！"秋加才仁不假思索地回答道。

大概走了两三个"半小时"之后，汽车依然在山路上颠簸，却不见目的地的出现。车内有了些躁动，有人又问秋加才仁："到了没到啊？"

"半小时！"秋加才仁回答道。话音刚落，车里又是一片躁动。

那一天，"半小时"成了一种计程方法，每过半小时，人们便问秋加才仁到了没到，秋加才仁也一如方才地回答"半小时"。就这样，大概走了六七个"半小时"后，我们的目的地终于遥遥在望了。

就在这时，有人忽然大声叫道："你们看窗外的花！"

翘首盼着早点到达终点的我们，并没有在意车窗外的风景，随着喊叫声，大家向着车窗外看去。哇，车窗外移动的风景里，一束束宝蓝色的野花耀眼夺目，一朵朵、一束束地在车窗外闪闪而过。"快停车！"又有人高声喊叫起来，汽车随之踩紧刹车，停了下来，大家蜂拥挤下了汽车。

在我们眼前，一片绿草葳蕤的缓坡铺泻而去，直抵蓝天，与蓝天形成一个蓝绿相间的夹角，活像是一个顽童用蓝色和绿色的蜡笔胡乱涂染出来的折纸，上方的蓝色涂得心不在焉，露出了白纸的底色，那是几多淡然的白云；下方的绿色涂得过于用力，缺少了层次的变化，一味的深绿充满了画面。而在深绿之中，散乱地闪亮着一束束的蓝色，就像是涂染上方的蓝色时，蜡笔的颜色不小心撒落在了绿色之中。

大家惊叫着，扑向草原，拿出相机手机，开始对着那些蓝色的野花拍照。我按捺着心里的喜悦，也把相机镜头对准了野花。

这宝蓝色的野花便是绿绒蒿，计有多刺绿绒蒿、总状绿绒蒿、宽叶绿绒蒿等，她们特地选择在海拔4000米以上的高寒地带开放。

每次踏上三江源，总会看到她们的身影：在可可西里荒凉的腹地，在唐古拉山标示着海拔高度的峰顶，在黄河源头牛头碑高高耸立着的山巅，我都曾和她们不期而遇。不同的季节，她们显露出不同的风采：初夏季节，花瓣初绽，低垂的花冠暗掩着几许羞涩；深秋之时，几片残瓣不甘地遗落在花萼，花萼之上已经孕育出一枚枚满身芒刺的果实；隆冬到来，枝叶干枯成了褐黄色，好似是遇火便可燃烧的一束柴火，但她们依然把果实高高举起，绽裂的果实正祈求着风把果核内的一粒粒种子带走。

而这一次，我看到的她们正是盛开的青春时刻，花茎坚挺，裹拥着一身尖刺，那是为了保护花朵的安全，担当着护花使者的角色。蓝色的花瓣也因为有了这样的安全保障而肆无忌惮地张扬开来，像是一束蓝色的火苗，向着蓝天，表达着她们炽热的爱情，也像是一个个蓝色的嘴唇，高高撅起着，试图给蓝天献上她们的初吻。

我不断地按下快门，把她们的奔放妖冶的身姿定格在相机里，忽然想起了"滴落在大地上的蓝天"这句话。这句话经常出现在藏族民歌里，用来形容草原上那些碧蓝的湖泊。顺着这句话的想象力，我也在想，绿绒蒿，这些娇艳的蓝色野花，或许是蓝天滴落到大地变成湖泊之时溅起的水珠，它们飞落在绿草丛中，依然身披着蓝天的装束。

宝蓝色的绿绒蒿，曾经让许多爱花人士为之倾倒。20世纪20年代初，英国著名植物学家金敦·沃德几经辗转，终于从锡金进入西藏，并在西藏尼洋河畔的一片原始林地里采集到了盛开着的绿绒蒿，大片的宝蓝色花朵让他惊讶不已，成为他此行中国印象最为深刻的一个情景，以至于他后来写了一本记述此行在中国西藏、滇西、川康等地所见所闻的书，书名就叫《蓝色绿绒蒿的原乡》。他采集绿绒蒿的种子，把她们带回西方，绿绒蒿从此也在西方园林扎下了根，成为西方以驯化中国西部高原野生花卉为主要目的的"喜马拉雅花园"中的佼佼者。

或许，金敦·沃德当时所看到的情景，就像此刻我们面对的情景一样。

就在大家忙着拍照，不亦乐乎地几乎忘了此行的目的地时，为我们带队的秋加才仁一直安静地坐在路边上看着我们，我便有些不好意思地走过去坐在他身旁，对他说："咱们该出发了吧？"

"没事儿，只要大家喜欢，就再拍一会儿吧，咱们去的地方不远了，半小时内绝对能到！"说着，他笑了，又说，"看你们这么喜欢这里，我就觉得很幸福，这里是我家乡啊！"

我看着他，由衷地对他说："你的家乡真美！"

远远看到文措村几家牧户的帐篷，随意地散落在一片高处，星星点点，亦如眼前的绿绒蒿。到了近处，才发现这几顶帐篷相互照应，形成了一个夹角，从这里远眺四周，一切尽收眼底。一问，才知道这是牧民们为了防备草原上的野狼、棕熊等袭击牲畜，而达成的防御联盟。之前，牛羊和草场承包到户，牧户各自为政，遇事很难独自解决，清水河镇的干部们把这些问题看在眼里，急在心里，他们鼓励牧户团结起来，为此还重新调整草场、牲畜等资源，不但增强了牧户抵御风险

的能力，之前经常发生的草场纠纷也迎刃而解，一举两得。我们到来时，清水河镇党委书记仁青江才早就在这儿等我们了。献过哈达，一阵寒暄之后，他带我们去看国家为牧民修建的牲畜暖棚暖圈，畜棚一侧已经高高垒起了牲畜过冬的饲草料，一切都显得井然有序，仁青江才书记说，如今的牧民，互帮互助，谁有困难，便不约而同去帮助他，一起走出困境。他说，他们的生态畜牧业合作之路越走越宽，走出了一条脱贫攻坚、共同富裕的路子。

听了仁青江才书记的话，忽然就想起了刚刚在路上遇见的绿绒蒿。绿绒蒿的花瓣，看似锦缎一般轻薄柔滑，她们却选择在海拔4000米左右的高地开放，不但让自己在高地上绚烂成了最为亮丽的蓝宝石，也为那些弱小的传粉昆虫提供了过夜避寒的地方——她们白日里张扬开来的花瓣，到了夜晚就会闭合起来。有关专家研究发现，每每此时，她们花瓣内的温度比外面高许多，昆虫们便喜欢钻入她们用花瓣合拢而

成的暖屋里过夜。在高原凄冷的夜晚，她们便成了许多传粉昆虫的庇护所，帮助它们度过了漫漫高原寒夜。传粉昆虫也就不再嫌弃她们没有花蜜，没有芳香，依然乐于帮助她们传播花粉。这样的共生关系，也让她们自己获得了年复一年开花结果的良缘。

生长在高原上的宝蓝色的绿绒蒿，那美艳的花儿点燃了无数人的眼睛，甚至让西方世界感到惊讶和震撼。而当地牧人，却对她们见惯不怪，这一点，从牧民给她们的名字中就能感觉到：才尔文，意思是带刺儿的蓝色花朵。平实直白，稀松平常，看不出一点儿赞叹欣赏的意思。而在许多藏医药典籍中，却郑重其事地载入了"次尔文"的名字，作为一剂草药，书写在重要的位置。比如，在被誉为藏医鼻祖的玉妥·云丹贡布所著的《玉妥本草》一书中，以一段韵文记载着多刺绿绒蒿的方剂：

绿绒蒿生阴草坡，

恰似瑞香狼毒丛，
长短五指或六指，
全株多刺花蓝色，
果实形似羊睾丸，
治疗头伤止刺痛。

或许，生活在广袤高寒的高原，艰辛贫瘠的环境和生活使得这里的藏族牧民在对人对事时，比起外在的美丽，更加注重内在的品质。所以，面对漫山遍野的野花，除却她们的美艳芬芳，他们更在意她们的用途。就像一首流传在玉树地区的民间情歌所唱的那样：

不在意山峰是否高大，
只在意山势坚定挺拔。
不在意姑娘是否漂亮，
只在意心地纯真善良。

走出帐篷，在帐篷周边依然盛开着一丛丛的绿绒蒿。此刻的绿绒蒿，不用展露她们的药用价值，却把她们的美艳张扬得肆无忌惮。我拿出相机，又把许多宝蓝色的花瓣定格在相机里。

从文措村回到夜宿的酒店，翻看相机里的照片，看着那一束束蓝色火苗般绚烂的鲜花，看着牧人们干净明丽的笑靥，心里隐约有些恍惚：或许，我们今天的所见所闻，就是在参加一场婚礼，迎接款待我们的主人，并没有告诉我们婚礼的主角是谁，他们只是把我们引领到婚礼现场，让我们看到这婚礼的华贵。那些花儿，布置在婚礼现场，是对这盛大婚礼的装饰，抑或也是对成婚的新郎新娘的祝福与加持。那些牧人，他们是来自新郎新娘娘家或婆家的亲属，他们才是真正的贵宾。

就像草原上的婚礼往往需要几天一样，这场婚礼仍然在继续。

第二天，我们前往玉树囊谦县去采风，路经称多县清水河镇政府所在地的小城镇，称多县文联主席仁青尼玛在这里等着我们。他上了我们的车，故作神秘地说："我要带你们在镇上走走，但首先要去另一个地方！"

"要走多长时间？"车上有人马上问。

"半小时！"他刚回答完，车里的人们便不约而同地会心笑了起来。

这次的车程的确在半小时左右。经过一段崎岖的山路，我们来到了一片山谷。一条溪流从山涧湍急流淌，溪流两岸怪石嶙峋。在山口潮湿的开阔地带，大片大片地盛开着一种淡黄色的野花，放眼望去，整片山谷都包容在一片黄色之中。我们惊呼着，从刚刚停稳的车上冲下来，冲向了野花丛。

这里便是仁青尼玛要带我们来的另一个地方。我们到达时，下起了淅淅沥沥的小雨。浅黄色的花儿经过了微微细雨的洗涤，变得圣洁高雅，每一朵花朵都挂着清亮透明的露珠，淡淡的清香弥漫了整个山谷。

那么，这是什么花儿呢？

近年来我致力于以青海湖环湖地带为地理背景的高原野生花卉的书写，比起其他人，我在这方面的知识自认为还行，但凡高原上的花儿，基本上能叫得上名字，但这种花儿，我却不认识。同行的伙伴们都过来问我："这叫什么花儿？"我只能尴尬地摇摇头。幸好，我来玉树采风时，特地带了一本书——被誉为"鸟喇嘛"的扎西桑俄和他的团队编著的《三江源生物多样性手册》，急忙拿出来翻阅查找，经过图片与实物的对比，确认她们是钟花报春。说来也巧，回到西宁后，翻阅英国著名植物学家威尔逊所著《中国——园林之母》一书，很快就读到了一段他在 20 世纪初来到四川巴郎山时，在这里发现钟花报春的文字：在巴郎山山口，其植物种类全属高山性质，草本植物种类之丰富确令人惊叹。多数生长旺盛的植物多开黄花，因此黄色成了主要色彩。在海拔 11500 英尺（1 英尺 = 0.3048 米——编者）以上，华丽的全缘叶绿绒蒿成英里覆盖山边，花大，因花瓣内卷而成球形，鲜黄色，长在高 2—2.5 英尺的植株上，无数的花朵呈现一片壮丽的景色，在别处我从未见过这种植物长得如此茂盛。钟花报春花淡黄色，有清

香，在湿润处极茂盛。多种千里光、金莲花、牛蹄草、马先蒿，还有紫堇加入了黄色占优势的花展……

看着威尔逊的文字，回想那天与钟花报春相遇的情景。可以确认，那天的"花展"，是独属于钟花报春的天下，没有其他花卉的参与，这一点，与威尔逊看到的有所不同。

我也查阅了更多有关钟花报春的资料。钟花报春，藏语叫新智梅朵，是用来礼佛的供奉之花。威尔逊应该不知道，早在 11 世纪，中国北宋时期，古印度佛学家阿底峡入藏，曾在拉萨聂塘久居，当他在这里见到清雅芬芳的钟花报春时，大为惊讶。后来，他在一部佛学著作里专门提及钟花报春，他说，藏地酷寒，却有如此素美、清香的花儿，可用以礼佛，实属奇迹。

威尔逊在上述文字里，还提到了全缘叶绿绒蒿。在藏语里，全缘叶绿绒蒿有一个与众不同的名字：欧贝乐，经多方查阅资料，并咨询对高原花卉也颇有研究的"鸟喇嘛"扎西桑俄，我确定，欧贝乐，其实

就是佛教典籍中经常提及的邬波罗花，欧贝乐亦即邬波罗，是同一古印度梵语的不同谐音。邬波罗花，原指用来供佛的睡莲，佛教传入西藏，佛前供花的仪式同时传入，高寒的西藏，却没有睡莲可献在佛前，于是，全缘叶绿绒蒿便替代了睡莲，同时也把睡莲的梵语名字赋予了她——美国自然文学作家约翰·巴勒斯曾经在一篇文字里提到，伴随着人类的迁徙，人们总是用原乡物种的名字，命名新家园的物种，以寄托内心的乡愁。看来不单单是人类迁徙，文化的传播，同样会带着这样浓浓的乡愁。

此前，在文措村看到一束束的宝蓝色的多刺绿绒蒿、总状绿绒蒿时，我就期望能够看到全缘叶绿绒蒿，在这片盛开着钟花报春的湿润河谷，我同样抱着这样的希望，可能是因为地理、花期等原因吧，那几天里，我却与全缘叶绿绒蒿无缘。意外的是，那一天上了车，与我们同行的诗人马海轶，打开他手机里的相册，给我展示他拍到的花儿，

一朵全缘叶绿绒蒿赫然出现在众多的花卉照片里。

"这是你在哪儿拍到的？"我惊讶地叫道。

海轶兄听着我忽然提高了的声音，看看照片，又看看我，一脸的茫然。"怎么了？"他问我。

"这是全缘叶绿绒蒿啊，我一路上都在寻找她，但没有看到。"

海轶兄看看照片，又看看我，他记不起来是在哪儿拍到的，也不知道他拍到的就是全缘叶绿绒蒿。看到我如此惊异，他似乎有些不好意思，马上说："我把照片发给你，发原图。"随即，便把照片发给了我。

绿绒蒿，罂粟科绿绒蒿属植物，有许多品种，也有各自不同的颜色。在三江源区常见的绿绒蒿就有金黄的全缘叶绿绒蒿、鲜红的红花绿绒蒿、宝蓝色的多刺绿绒蒿、深紫的久治绿绒蒿等，她们是三江源众多花卉中的花魁。2014年，国家邮政局发行过一套名为《绿绒蒿》的特种邮票，至今受到许多集邮爱好者喜爱。我国著名植物科学画大师曾

孝濂先生，从他画过的成百上千种植物画中特地挑选了一幅多刺绿绒蒿的画作登上央视《朗读者》节目，讲述了他与这朵花儿的奇特过往。

绿绒蒿是值得被追捧的花儿。

观赏了钟花报春，心绪依然停留在被花儿的美艳和芬芳迷醉的情绪之中，仁青尼玛带我们到了清水河镇参观。从产业园到电子商务平台服务点，令我印象极深的是一家小小的藏族服饰裁缝店。普昂是一个40多岁的康巴汉子，几年前，在县上安组织的一次缝纫培训班上初学缝纫技术，便开始尝试着在镇上开了一家缝纫店，几年下来，不仅自己开始赚钱，每年有近10万元的收入，还为镇上7个贫困户家庭提供了工作岗位，为他们每人支付每月2000多元的工资，成了致富带头人。在他的裁缝店里，悬挂着他和他的徒弟们缝制的几件藏服，服饰充分利用布料原有的花卉图案，巧妙地让这些花卉图案凸显出来，又在衣领、袖口、下摆等处绣织上了许多精细的花卉图案，看上去就像是对大自然的模仿。或许，他的藏服受到当地牧民的欢迎，恰是因为他的设计迎合了牧人们天性中对大自然的喜爱。其中有一件坠挂着许多华丽饰品的女式藏服穿在一个塑料模特儿身上，我问普昂这是为谁定做的，他笑着说是为一位新娘定做的。

他的话，让我再一次有些恍惚：我们是在参加一场婚礼吗？我们到现在尚未见到的新郎新娘是不是马上就要盛装出场？今天看到的钟花报春，可能是婚礼上的另一处布排，是大自然在这场婚礼上的一个花供现场，和文措村的绿绒蒿一样。

来到玉树的第三天，我们到了平均海拔4000米以上的杂多县。杂多是藏语，澜沧江上源的意思，这里正是澜沧江正源扎曲河源头所在地。除此而外，这里还有"中国虫草之乡""中国雪豹之乡"的美誉。

到达杂多县城的头一天，杂多县作协主席扎西旺索就带着我们去了一个小区，杂多县县委书记才旦周已经在这里等着我们。小区的住户是清一色的牧人。为了保护三江源头生态，不让过度放牧的劳动生活方式破坏澜沧江流域的植被，让"一江清水向东流"，使澜沧江中下游更多的国家和人民安居乐业。他们放弃了千百年来的游牧生活，卖掉了牛羊，搬迁到了县城居住，为此，国家出资为他们修建了住房，并为他们安排了适当的工作。据才旦周书记介绍，"十三五"期间，杂多县共识别建档立卡贫困户5137户、15206人。全县投资1.92亿元建设易地扶贫搬迁小区及水电暖配套设施，解决了711户3139人建档立卡贫困户的住房问题，实现了100%的入住率。2019年，杂多县荣获"全省十三五期间易地搬迁先进县"称号。还优先安排48名搬迁户在杂多县扶贫物业公司就业，年人均增收2.4万元。才旦周书记还带我们来到了一家牧户家里。这是一个四口之家，远从地处澜沧江源头的扎青乡搬迁而来，80多平方米的新房，藏式风格的装修，宽敞明亮，温馨舒适，电视冰箱等一应俱全。四口之家的主人如今是县上的

生态管护员，每个月有2000元的收入。"这些都是全力推行精准扶贫政策的成果。"才旦周书记说。

当天晚上晚餐时，县文旅局副局长青梅才仁带着几位歌手来为我们接风献歌，瞬间，让简单的晚餐变成了一个小型演唱会。

青梅才仁毕业于艺术院校，曾经是一位优秀的歌手，也为其他许多歌手写过歌。一番客套之后，青梅才仁率先领唱，他带来的几位歌手随声附和。先是一首《我们青海》：

山是这里的山最雄伟，
水是这里的水最清澈，
啊，青海的山哟青海的水，
山水相连高原山水多壮美……

接着是一首《美丽的玉树》：

美丽的玉树，是我的家乡，
这里的草原宽阔无垠，
这里的歌舞竞相争艳，
这里的人民奋发向上……

最后他唱了一首由自己作词作曲的《杂多宝地》：

离天最近的地方，
澜沧江从这里流向远方，
草原最绿的地方，
雪域牦牛文明从这里发祥……

从青海省到玉树州，再到杂多县，故乡在他们的歌声里一点点地具体形象起来。好像是远行的游子思乡心切，在故乡最美的季节，他决意返回故乡，赶赴一场盛大的婚礼。于是，他一路唱着歌，一步步一点点地向故乡靠近，先是到了省城，继而到了州府，最后，义无反顾地径直向着故乡踏歌而来。歌声婉转，满含情感。

听着他们的歌，我的内心涌动起一次次的热流。是什么样的思念，才会有如此真切的吟唱？是什么样的热爱，才会有如此真诚的赞美？那天，歌声燃起了晚餐的气氛，大家争相歌唱，一直到了夜色朦胧。

后来，我一直在想，也许，我们是受邀去参加了一场婚礼。那夜的晚餐，或许就是婚礼的高潮部分，它以赞美故乡的方式，赞美了天地自然。我豁然开朗，这场婚礼的主角，或许就是故乡的高天大地，天坚定挺拔，地纯真善良，就像那首民间情歌里唱的那样。我们在主人的引领下，见证了天地自然的盛大和合。是的，是天地自然的盛大和合。

杨林山与工农村

李鲁平

杨林山海拔 78.8 米，它与上游 15 公里的狮子山都是江南丘陵的余脉，更准确地说，它与长江南岸的马鞍山曾经是连在一起的。幕阜山脉从北东向南西绵延，它的余脉五尖山和大云山从洞庭湖东线插向长江，在长江南移的过程中，河床沿断裂层发育成长，这两个山丘就遗留在长江以北了。幕阜山最高处天岳幕阜山海拔 1596 米，如果有一架好的望远镜，我想，站在天岳幕阜山顶一定可以望见洞庭湖以及洞庭湖附近的杨林山。今天，杨林山也好，狮子山也好，都如同幕阜山脉抛弃的两个孩子，孤独地立在江汉平原的长江边。

杨林山的出名是因为它在长江上的位置，长江上跑船的把杨林山叫杨林矶，《水经注》把它叫隐矶："江水自彭城矶东径如山北，北对隐矶，二矶之间，有独石孤立大江中，山东江浦，世谓之白马口。"它伸入江中的大矶头与长江对岸岳阳市云溪区陆城镇马山西北面的寡妇矶相对，结合为长江的一把锁。这把锁锁住了长江河道的摆动，也锁住了下至江淮、上溯荆江、南往湖南的咽喉。清同治十一年的《监利县志》记录了监利县所属的长江、东荆河、内荆河一共27个渡口，杨林渡是其一。曾经的杨林渡有皓月、烟波、桨声、渔火、飞鸟等古渡美景，是船家、渔家的宝地，也是兵家鏖战的战场。

《三国演义》第五十回"诸葛亮智算华容，关云长义释曹操"中写道，曹操的船队在乌林被周瑜一把大火烧毁，只好快马赶回江陵，黎明时，看见江面的火光越来越远，而眼前却出现一片树木茂密的山丘，便问属下到了哪里，身边的人回答他现在在乌林以西。曹操突然大笑起来，笑周瑜无谋，诸葛亮少智，这么好的地方居然没有设下埋伏。可笑声未落，山林里响起震天的鼓声，熊熊大火中杀出一队人马，吓得曹操差点从马上摔下来，原来赵子龙在此等候多时。曹操让人仓促迎战赵云，自己突围而去。曹操眼

前的这个山丘就是杨林山，因为这个故事，后来人们把杨林山下杨林村村委会所在的地方命名为子龙岗。今天上杨林山，首先看见的是山下的广场和子龙骑马的雕像。

子龙在杨林山埋伏是公元208年的事情。不过罗贯中在小说中把杨林山的方位写错了。他写杨林山在乌林以西、宜都以北。乌林以西是对的，乌林到螺山大约50公里，从螺山到杨林山还得七八公里，但这地方离宜都还很远，宜都在夷陵的荆门山之南。

杨林山就是一个戏台，你方唱罢，我方登台。200多年后，公元426年，南朝宋文帝刘义隆欲诛杀徐羡之、傅亮、谢晦等人，他们都曾经参与主导废立宋少帝刘义符，并杀害刘义符及其弟刘义真。宋文帝命到彦之、檀道济等各路将领一同讨伐谢晦。中领军到彦之是沛县人，他的家乡出过很多风云人物，刘邦、樊哙、萧何都是这块龙凤之地上的代表。南朝刘宋的开国国君刘裕也是沛县人，虽然刘裕系刘邦

弟弟刘交的 22 世孙，但刘裕的家族早已没落。自古英雄不问出处，以担粪为生的到彦之遇上同乡刘裕起事，便一直跟随刘裕转战南北，先后打败鲜卑人的南燕、北魏以及羌族军阀的后秦、氐族人的仇池国，刘裕当上南朝刘宋的皇帝，到彦之因战功累累也成了掌握亲兵卫士和禁军的中领军。征北将军檀道济是一员令匈奴胆寒的战将，他与到彦之联手，荆州刺史谢晦知道此次凶多吉少。他亲率两万兵马，绵延近百里的船队，沿江东进到洞庭湖三江口。

到彦之本来驻军彭城洲，这地方正是杨林山对面寡妇矶所在的铜鼓山。考古学家认为"彭"是鼓的声音，彭城山就是铜鼓山。岳阳市云溪区陆城镇的铜鼓山遗址为商代文化层，因此，铜鼓山遗址可能就是古彭城所在，它原为商人在南方的一个聚居点，随着楚人南下，春秋早期之后又成为楚人的聚居地。这一带扼楚人向南方发展的要冲，在战国中后期可能就已形成城邑，有封君受封于此，因封邑为"彭城"而得名。因此，可以猜想，铜鼓山一带，楚宣王时期（前 369—前 340）或许有楚国的"彭城君"分封于此。巧合的是江苏徐州市的铜山区也是彭城，到彦之的家乡就在彭城。

但，到彦之首战却败给了好友谢晦，对久经沙场的到彦之的确不好接受，但也只好从江南先退到江北的杨林矶，等待檀道济率军赶来支援。426 年 2 月，檀道济赶到杨林矶，与到彦之的队伍列舰进击。谢晦不战而溃，当夜便离开江陵，最终在湖北大悟被擒。谢晦在南京被杀后，头颅又被送到荆州。

100 多年之后，南朝梁元帝萧绎平定侯景之乱时，杨林矶又登上了历史舞台。548 年，鲜卑人侯景在安徽寿县起兵攻打南京，551 年侯景在黄冈打败徐文盛，乘胜向西，逼向江陵，萧绎派王僧辩为大都督领军 1 万，于巴陵筑垒固守。王僧辩也是鲜卑人的后代，一直在萧绎的湘东王府任职。侯景自率大军，由杨林矶攻巴陵，昼夜不停，却不能奏效。到了 5 月，侯景的部队疫病流行，士兵死伤大半。

转机的到来是因为一个神秘的人，陆法和。按今天的说法，陆法和真正的身份应该是一名居士，长期隐居于上荆江我的家乡百里洲。陆法和不但身世神秘，行踪也极其诡秘，后人称他伟大的魔法师。他的饮食起居与沙门一样，但又不是真正的和尚。眼见侯景的大军逼近江陵，正在南漳青溪山云游的陆法和急忙赶到江陵，他自告奋勇，对萧绎说他愿意与胡僧祐一起去迎战侯景。陆法和的名声在荆江上下都有所闻，萧绎当然知道此人，只是他没想到自己的运气如此之好，连居士都主动请战，于是就任命他为信州刺史，然后问陆法和还有什么要求。陆法和的回答是，不要萧绎的粮饷，也不要萧绎的军队。陆法和就这样出发了，他自称有无量兵马，出发时其实只有 800 人，而此时侯景手下的任约在杨林矶号称有 5 万将士。这样的对阵，基本不需要思考，就知道陆法和会输，而历史偏偏不是这样。陆法和带领 800人与武猛将军胡僧祐的队伍会师于洞庭湖后，结果大跌眼镜。6 月，任约的队伍被击败，任约逃跑了，但陆法和说他跑不了，就在水里抱着佛塔。果然，任约藏在水里，抱着一个塔尖，只露出鼻子吸气。荆州军不费力气就抓住了任约。神奇的是，陆法和说这座塔是他本人在枯水季节建的，这意思是说他早给任约预备好了这个佛塔。侯景得知任约被俘后赶紧逃走，直接顺长江往南京而去，却在芜湖又遭到豫州刺史简朗的截击，突围返回南京不久，552 年王僧辩攻入南京，侯景继续逃窜，最终在松江被俘，给江南大地带来深重灾难的侯景之乱这才落下帷幕。

得荆州者得天下，而欲得荆州必先驾驭荆江。自 526 年起任镇西将军、荆州都督，到 552 年在江陵即位称帝，萧绎在荆州经营 20 多年。这个萧何的 26 世孙，深深爱上了荆州，以致无论手下怎么劝说，坚决不把都城迁回南京。在历史上，萧绎可能不是优秀的君王，但却堪称优秀的诗人和文学家，他对荆州有着非同一般的热爱。547年萧绎再任荆州刺史，作《后临荆州》："拥旄去京县，褰帷辞未央。弱冠复王役，从容游岂张。不学胡威绢，宁挂裴潜床。所冀方留犊，行当息饮羊。戏蝶时飘粉，风花乍落香。高栏来蕙气，疏帘度晚光。""胡威绢"典出《三国志》卷27《魏书·胡广传》，胡威的父亲胡质曾经在三国时期曹魏政权担任过荆州刺史，因为家贫，儿子胡质去荆州看望父亲，只好独自赶一辆驴车，沿途砍柴做饭、放牧，到了荆州，又因为父亲贫困，只能住马房。返程时，父亲却拿出一匹绢。儿子问父亲如此清廉，哪里来的绢。父亲答是薪俸结余下的，给他带着做粮资。"裴潜床"也是一个与荆州有关的典故，来自北魏阵营的廉洁官员裴潜。208年曹操南下荆州，刘表的小儿子刘琮投降曹操，原本在荆州避乱的裴潜也跟着一起到了曹营，在丞相府参知军事，后来当过县令和主管粮食

的小官。《三国志》记载他此后担任过沛国相，兖州刺史，兖州刺史之后又迁荆州刺史，赐爵关内侯。曹丕的长子曹叡继位后，他又升为尚书、河南尹，转太尉军师、大司农。裴潜不管在哪里做官，从不带妻室，传说他从兖州调走时，破烂不堪的木床，只能挂在柱子上。

萧绎再次回到荆州提及"胡威绢"和"裴潜床"，无非是激励自己要清廉，要奋发有为。8年前，539年的秋天，萧绎离开荆州写了《别荆州吏民诗》："玉节居分陕，金貂总上流。麾军时举扇，作赋且登楼。年光遍原隰，春色满汀州。日华三翼舸，风转七星斿。向解青丝缆，将移丹桂舟。"玉节、金貂，举扇、作赋、登楼，在广大与低湿的江汉平原上这么些年，萧绎的记忆中总是满眼的春色，连战船上的光影都值得留恋。遗憾的是，萧绎的意气风发只能留在纸上，554年鲜卑人宇文泰手下的战将于谨攻陷江陵，萧绎烧毁14万卷古今图书后投降，江陵十几万人被掳到西安。传

说沦陷之前他还在与身边的下属研讨老子的《道德经》。一个皇帝的文人梦想，一个诗人的荆州情结都画上了句号。

帝王将相、士族草莽、英雄成败，在杨林矶的眼中不外乎风来雨去、水涨水落。1000多年后的杨林山人并不理会这些飘散了的烟云。杨林山下的杨林村从S103省道上专门开了一条路供游客上山。这条路不长，从省道上下来，大约几分钟就到了山脚下。这条路的路基就是1941年日军第11军岩崎民男部修建的杨林山机场的跑道。2020年夏天，我从杨林山上下来，路边一个为混凝土搅拌场提供砂石的货场恰好有人在门口乘凉，我停下车向他打听飞机场的位置，他停了一会才说话，似乎被问住了，也可能从来没有人打听这件事。"机场早没了，成稻田了。"他指着我停车的路说，"那条路原来就是跑道。"这个砂石场提醒了我，上山的道路上，总有载重汽车消失在路口的右边朝江边开去，那条岔路正是去往砂石码头，

我在杨林山机场跑道边看见的那些砂石，就是从渡口边的船上运来的。

几十年前，山下平原上总有人盯着长江对岸寡妇矶背后那些巨大的圆形油罐，还有江边停靠的一排排等待卸油的驳船，他们希望那些油流到江北，希望那些油像焰火，能变幻出令人神往的世界。这些幻想在最极端的时候变成了冒险，有人趁风高月黑，驾着小船靠近对岸的油驳，控制船员，把油卸到小船。他们有所不知，洞庭湖口那个江洋大盗你来我往的时代早已过去，摆脱贫困最终只能靠光明正大的创造。

今天，他们曾经希望的杨林山下停满油船的梦想，真的成为现实，那些油驳就停在杨林山下游杨林山干渠的不远处。在工农村的江边，一个3000吨（事实上可以停靠5000吨油驳）的石化码头建起来了。长260米的岸线上，顺岸布置着两个泊位，油驳停在趸船边，活动钢引桥连着油驳，长长的固定引桥像城市里的人行天桥，从江边穿过浅滩一直延伸到长江大堤，引桥里的

输油管通过穿堤箱涵，把原油源源不断输送到油罐区的油罐里。杨林山人过去站在江边看见的，对岸寡妇矶的情景正是这幅画面。

这个码头连同大堤内的油罐区叫金澳物流，整个金澳物流是白螺临港工业园的一部分，主要经营围油栏服务、柴油、汽油批发，燃料油（含重油、渣油、蜡油）、润滑油、沥青等产品。2015年，荆州市环保局发布了白螺工业园2015—2030年规划环境影响评价公示，征求社会和公众的意见。在这个公示的信息里可以看见，工业园的规划面积占地6.4平方公里，主要发展新型现代化工企业。

眼看着，白螺迎来了新的生机。1168年，张孝祥在知荆南兼荆湖北路安抚使的任上写下"雄三楚，吞七泽，隘九州。人间好处，何处更似此楼头"的好词，当时他的船就在白螺的江面上。这位23岁与范成大、杨万里同榜的进士，虽然在荆州只当了8个月行政长官的状元，却修筑了寸金堤。这段堤将过去各自为政的金堤、李家埠堤、黄潭堤、文村堤、新开堤、周公堤连成一体，在荆州的外围筑起了从万城到沙市的屏障，这便是荆江大堤的轮廓。38岁去世的张孝祥不仅留下了堤之贵重"寸寸如金"的名言，也留下了对三江口的赞美：人间好处。

人间好处当然是人人可以感受和认同的。20年前，当白螺的交通格局开始改变的时候，一系列的变化曾经让白螺人沮丧，尤其是港口和码头的衰落。现在，人们对白螺有了新的看法。白螺地处鄂南与湘北的连接点，是典型的省际边贸口子镇；而且在长江经济带上，白螺地处三水交汇的洞庭湖口，这个点正是武汉城市经济圈和长株潭城市经济圈的相交点。

远在潜江泽口的炼油企业金澳科技就是这个时候看上了白螺镇杨林山边的长江水道。泽口是汉江的分流口，汉江从泽口进入江汉平原，进入平原后它改名叫东荆河。2009年金澳科技在白螺镇工农村投资1.2亿元建设了金澳物流仓储项目。这是监南平原迟到的春汛。

1976年，金澳科技（湖北）化工有限公司还叫潜江石油化工厂。1998年底，在全国220个各类炼油厂中，100万吨以下的小炼油厂就有166个。小炼油厂技术落后，效益低，而且油品质量差，资源浪费严重，有些小炼油厂还变相走私。国家经贸委、国家计委等单位当年发出《关于清理整顿小炼油厂和规范原油成品油流通秩序的意见》，要求1998年底完成小炼油厂的清理整顿。经过清理整顿，全国166家小炼油厂保留了54家，潜江石油化工厂很幸运成为54家中的一家。在整个华中地区，它是被保留下来的唯一地方炼油企业，也是最大的地方炼油企业。

进入新世纪后，为响应国家节能、减排、环保的要求，金澳科技化工有限公司不断对原有的油品加工装置进行优化升级改造，并开发新项目，每年100万吨焦化加氢就是其中的一个。这个项目可以对石化产品深度加工、变废为宝、循环利用，当然也会带来原料需求量的猛升，原来一年只需要30万至50万吨原料，现在一下上升到了一年200万吨原料。金澳科技的原料80%需要从海外进口，经由江苏转运至武汉沦口、阳逻等码头，再通过汽车运输至潜江。这种物流方式，公路运输距离太长，一年中转量只有50万吨左右，中转量无法满足生产需求，而且因为距离和仓储，成本较高。

而白螺杨林山附近的工农村与众不同，2010年3月随岳南高速公路和荆岳长江公路大桥通车，从杨林山向西不到8公里就是许广高速，跨过荆岳大桥就是岳阳。金澳科技进驻工农村10年后，2020年1月武监高速通车，杨林山向东不到7公里就是武监高速入口，油罐运输路线得以优化。白螺独有的31公里长江黄金水道，常年可以停靠5000吨以上舶船，船停在这里，码头前的水深可以达到3.7米。这个深度是优良内河港口的水深。在这里修建码头和物流基地，不但可以缓解原料供应紧张的局面，也能降低不少运输成本。

工农村东接长江干堤，西邻白螺鸭业队，南连邹码头，北靠阳光村。村民以邹姓为主，共488户2668人，水田3.598平方公里，旱田0.645平方公里。这个面积换算成亩，大约是水田5397亩，旱地967.5亩。这是2019年的工农村。2021年腊月的冷雨中，工农村驻村扶贫的白螺战备渡口所所长孙初红开车，我们决定去春节前的工农村看看。孙初红的汽渡早已停了，自从荆岳大桥通车后，白螺汽渡就没生意了。他被安排到这个村里帮扶，并担任村支部第一书记。按照规定，他每周五天四夜要驻村。

从S103省道开车向长江大堤几分钟就是金澳科技在工农村的物流基地，这条宽15米的沥青混凝土道路与沙洪公路及长江大堤相连，是金澳科技集团新修的。储油罐区10000立方米原油罐2座，3000立方米汽、柴油罐各1座，原油及成品油泵房1座，5个巨大的原油罐矗立在平地上。除了这些白螺人过去羡慕的油罐，占地70亩的储油罐区里还有降压站、消防水池、消防泵房1座，发油装卸车平台1座，地磅1台，综合楼1座。如今，在年吞吐量130多万吨的码头上，每天趸船通过原油泵、鹤管经引桥，穿过大堤上的跨堤门架，把油输入罐区原油罐，然后，由原油罐通过鹤管向油罐车装油，油罐车经过S103运输到潜江。这个物流系统是双向的，不仅仅可以从工农村往潜江金澳科技厂区运送原料，也可以把潜江厂区加工的柴油由公路大型槽车运至罐区卸油区，由鹤管卸油，柴油泵送至轻油储罐，再由泵房通过引桥送到码头上的运油驳船。

跨过S103省道，就在金澳物流的对面，2017年6月祥兴纸业一期项目首台纸机安装完毕并投产。这个投资10亿元的项目除每年为荆州市场贡献100万吨高强瓦楞芯纸外，还为白螺提供1.59千万吉焦的供热和821亿瓦时的电力。

让工农村人没想到的是，2020

年6月，我国造纸龙头企业，全球产能排名第二的玖龙纸业也看中了工农村。6月，在湖北最艰难的时期，社会各界响应"在湖北最艰难的时期搭把手、拉一把"的号召，大力支持湖北经济复苏。玖龙纸业来到了监南平原，他们要把共克时艰、患难与共落实到项目上，决定在白螺工业园建设一个年产60万吨木浆和240万吨高档包装纸的生产线。整个项目包括高档包装纸生产车间、供水厂、污水处理厂及配套公共设施等。这是玖龙纸业在华中地区最大的项目，总投资135亿元，占地3556亩，可吸纳近3000人就业。

三十年河东四十年河西，企业的不断落户极大鼓舞了白螺人，他们分明感到历史上的那个被各路人马争抢的白螺又回来了。白螺镇在紧靠长江岸线3.5公里长的江边，规划了10平方公里的白螺临港工业园，让南来北往的客商都有舞台表演，都有空间施展。不管荆江怎么变化，在诗人眼里，白螺还是"白银盘里一青螺"；在水手和船长的眼里，良港还是良港；在企业家的眼里，今天的白螺也是风水宝地。

村子拥挤在老墩台上，东三家西两家、前三家后两家，大多数地方只能一个车通过，孙初红并不担心，几年来这些路他走过无数次。房屋前后的小路上都能看见三三两两扛着工具的工人，很多工人穿着长筒胶鞋，一条白色的管道从大堤上下来，穿过农民的菜地，向工地延伸过去。"这个管道正从长江里抽沙，要把水田、鱼塘填起来。"孙初红说，征来的地过去都是水田，地势低、基础软，不填不行。

工农村是一个基础条件比较好的村，20世纪80年代初，村里就有人到广东增城摆摊卖皮带、纽扣，积累资金后，自己当老板或者开厂，这样一个带一个出去的有二三百人。这些人虽然不再在工农村生活，但始终牵挂家乡的发展，2019年新冠疫情发生后，在外做生意的工农村人向村子里捐款30多万。在这样的村子里帮扶，我体会压力不会很大。事实跟我猜想的差不多，孙初红帮扶的工农村严格说早实现了脱贫。他算过一笔账，只要手脚健全，不懒，即使不出门打工，在家种4亩谷子，空闲时在沟里养养龙虾，收入也有万元以上。但凡事也有例外，村里有个赵大哥，脚轻微残疾，妻子年轻时有间歇精神病。赵大哥能吃苦，在湖边养龙虾，一个人住在田边的草棚子里，但前些年他染上了酒瘾，每天4点钟卖了龙虾就开始喝酒。不仅自己喜欢喝，别人喝他也高兴，遇到熟人喝酒，就主动帮忙把账结了，空闲时还打几场牌。辛苦赚来的钱不是喝酒了、替别人结账了，就是输给别人了。孙初红知道，这样下去不能从根本上脱贫，就三番五次去跟赵大哥谈。谈不起作用，就骗。孙初红知道赵大哥常找医生看胃病，就跟医生商量好。赵大哥下次去看病时，医生便很严肃地告诉他，再不戒酒，胃就保不住了。这下果然有效果，赵大哥再不敢喝酒了，也不打牌了，农闲还去长沙打打零工。一年下来，打零工加上养龙虾，赵大哥还存了

6万多元。现在赵大哥在玖龙纸业做清洁工，135元一天。赵大哥的问题解决了，赵大哥儿子的问题来了。赵大哥的儿子会烧电焊，跟周围的人做铝合金门窗。与父亲一样，儿子也为人豪爽，赚到钱就到处花钱，每天和一帮朋友胡吃海喝，一般的烟看不上眼，要抽高档的黄鹤楼。每次赚的钱没捂热就没了，至今未婚。孙初红说起这事，也有点头疼。但他有信心，因为这一家有骨气，记得无房户建房时，按照政策，如果赵大哥家建100平方米的新房，可以获得6万多元的建房补助。但赵家拒绝了，说不需要扶持。脱贫的事也是观念的事，有骨气就好办。孙初红说。

当然，工农村的人，附近几个村子的人，也都觉得杨林山的旅游未来一定前景无量，他们可以到山上做生意。杨林山并不是今天才是旅游景点，历史上它就是白螺的标志之一。杨林山本来只是江南丘陵遗落在长江北岸的一个山丘，因为一部分山体深入长江成为矶头，由

此在长江行船的船长和水手眼里，这地方就不一般了。从唐代开始，这座山在长江上下的形象变了。清同治《监利县志》在"寺庙"条目中介绍说，唐末一个萧姓女孩，9岁时跟着当官的父亲坐船回江西探亲意外溺水，尸体却逆行到杨林山下礁石旁，既不沉，也不腐烂，当地人觉得这现象不同寻常，就在杨林山修建了一个庙。48年之后，再塑像葬了女孩。据说这个庙很灵异，明成化三年，朝廷给庙命名了一个名字叫天妃圣母庙。很明显，这个庙在1467年之前只是一个民间的庙，没有身份的庙，1467年官方才给予正式的名称。因此，如果从它叫"天妃庙"算起，它的历史不到600年。

2019年我第一次到杨林山的时候，重修的杨林山天妃庙刚刚竣工，庙前庙后的建筑垃圾清理还没完成。走进庙门，右侧几个小商店空无一人，一家店铺还挂着过去的牌子：国营杨林山林场美林招待所。在庙的左侧山坡上，一个出家人正在开荒，打过招呼后才知道，他俗姓杨，监利程集人，从2009年开始就住在杨林山天妃庙。杨师傅停下手中的活，说他正在种树，在我看来，那些树根本活不了，这个季节并不适合种树。翻过庙后的建筑垃圾，爬上山顶，才发现这座并不高的山丘有茂盛的大树、纠缠的葛藤、错乱的杂草、厚厚的腐殖层，小小山丘的植被居然有原始森林的风貌。山顶有一条挖土机走过的车辙，一块大石头上写着："点名：杨林山。该永久性测量标志为二等三角点，它精确标定了该点在地球上的三维坐标，是进行平面和高度定位的控制点，需永久保存。"石块旁边竖立着一个石柱，这石柱就是一个测量点。这种测量标志2018年我在狮子山顶也见到过一个。这样的测量基准点，叫三角点，因为测量时要选择很多点，以这些点构成三角形，以三角形组成三角形网络。测量人员根据三角形网络上点与点之间的直线距离即边长，计算坐标，决定每个点的平面位置，再测量各个点的海拔高度，这样就能绘图了。测量基准点根据边长的长度不同分不同等级，二等三角点是指三角形的平均边长为 8 公里，一等三角点的边长就长很多，平均 40 公里。

在 2020 年这个闷热的中午，我把这个测量点看了很长时间，似乎它就是一个人，也许是因为疫情封闭了几个月后突然置身山林里，有一种特别的舒畅，觉得石头也好看。除了这个石桩，山顶没有别的人文痕迹。

从山顶下来，杨师傅送给我一个折页宣传资料，上面有江西鄱阳湖鞋山的图片，以及关于萧姓姑娘的介绍。鄱阳湖的鞋山便是监利人陈友谅与朱元璋水上作战时驻军的地方。传说这个小山丘是萧姓姑娘落水后一只鞋子变来的。根据天妃庙志的记载，天妃庙祭祀的萧姓女孩叫萧慈珍，江西南昌府丰城县（现为丰城市）白竹坡村人，生于唐懿宗八年（867 年），父亲萧少林在湖广当官，她与父亲回江西探亲突遭风浪，只好在杨林山停泊上岸逗留，未料到短暂的盘桓后萧姑娘迷恋上了杨林山。不幸的是，风浪过后他们行船到鄱阳湖再度遇到风浪，小姑娘落水而亡。

这个不幸的翻船事故并没有结束。小姑娘落水后来到杨林山下，藏在岸边的石头中，托梦告诉她的哥哥，杨林山风浪险恶，她要保一方渔民平安。哥哥到了杨林山，在当地人帮助下，从乱石中找到妹妹，将尸体安置在一口大缸中，搭台祭祀。此时就有人提出，溺水上行的反常现象说明小女孩分明是水神，另外的人则反对，认为神就应该显示出一些迹象，假如她能香三天臭三天，让大家见识见识，才能证明她真的是水神。果然，说话当日起，水神就显露了她的魔法。杨林山的一草一木，一土一石，香气扑鼻，而三天后整个山丘臭气熏人。从此，萧姓女孩被当作水神祭祀。

2019 年 11 月，在重建的天妃庙即将竣工时，参与重建的几个骨干成员组织了一次鄱阳湖重寻天妃足迹的活动。他们找到了萧姓女孩的出生地丰城县白竹坡。1958年，南昌府的丰城县已经不归南昌管辖，它划归了宜春。宜春这个地方离鄱阳湖其实很远，不像历史描述的那么近。但宜春有河流注入赣江，当年萧姓女孩与她的父亲返乡，很可能是先经鄱阳湖，再走赣江，再转向去宜春的小河。来自监利杨林山的这一行人找到白竹坡村时，当地唯一的一家萧姓人家20年前已经搬走，等待他们的只是一棵大树，一棵四五个人才能合抱的樟树。杨师傅说这行人还去了鄱阳湖的鞋山。

与杨林山类似，鞋山也不高，海拔70多米，但鞋山上有苏轼、黄庭坚、解缙、米芾、彭玉麟等人的足迹，有宋代的大姑庙（大仙女庙），明代的宝陀寺和宝塔，有天后宫、梳妆台、古炮台。更重要的是鞋山上的确有关于鞋子的传说，只不过各种传说都没提到萧姓女孩。一种说法是，鞋山是圣母娘娘坠落的一只绣鞋；一种说法是，鞋子原本属于叫大姑的少女；还有一种说法，鞋子系仙女下凡被捉住时

脱落的；也有说鞋子是张天师盗来的……尽管没有传说与萧姓女孩相关，但杨师傅仍然认为鞋山应该是萧姓女孩掉落的那只鞋子。见我不太认同他的说法，他停顿了一下，叹了口气，说鞋山的文化旅游确实搞得好，庙宇、石刻、宝塔、堡垒，杨林山真不能比。

尽管如此，杨林山的天妃圣母庙仍然不失自己的特色。有的人已经注意到了长江沿线水神形象的异同，除了自然水神（龙）、人格水神（李冰）、动物水神（上荆江的牛、长江中游的元将军），还有湘夫人和天妃圣母这一类女性形象的水神。与其他的水神稍有不同，天妃圣母有山神的一面，杨林山是江汉平原最高的一座山丘，它的背后是汉江以南的监利、洪湖、沔阳、江陵广大平原，这些人到杨林山祈求平安、丰收、健康。杨林山也有水神的一面，长江上下的船民经过此地，祈祷风平浪静，顺风顺水。21岁就中进士的清代名臣张鹏翮写过一首《杨林矶》："几年设险壮江关，

吞吐风云自往还。雨过寒涛惊石浪，帆飞百丈触溪湾。波回衣带三江水，浪叠鱼鳞四面山。莫向黄陵问巫峡，青春憔悴易苍颜。"张鹏翮被康熙称为"天下第一等人"，一生建立过很多功绩，而最著名的是治河。他治理过黄河、淮河、大运河，中国水利史将他与大禹相提并论。从他对当时杨林矶的描写，可见杨林山附近长江水势的复杂和危险。因此，在杨林山产生一个水神的传说和形象并不稀奇，它纯粹是对航运和水上生活呼唤的响应。杨林山天妃庙的神奇还在于一个巧合，2019 年 4 月，天妃庙筹建委员会在对原来的旧庙拆除时，施工人员用铁锹挖出了一口缸。打开封盖，缸内居然封存着舍利骨。1000 多年前，萧姓女孩的哥哥正是用一口缸安葬他妹妹。谁又能否认这口缸不是安葬萧姓女孩的那口缸呢？

从圣母殿前陡峭的台阶可以一步一步下到长江边，台阶两边的两扇墙上分别画着诸葛亮和赵子龙。诸葛亮坐马车，手握一把扇子，他的旁边有一行长字"三江口借箭七星坛祭风神机妙算服八□"；赵子龙骑白马，身后插四面旗帜，旁边也有一行长字"长坂坡救主杨林山拒敌英勇雄威破□□"，两行长联后面的字都被台阶封死了，看来这台阶是后来修建的，修建时没有考虑到如何把对联完整凸显出来。

台阶的两边是等待拆除的房子，这些房子都不规范，一看就知道是商户自己搭建的，有的是餐馆，有的是卖香烛的、黄表纸的，有的是照相的。有一间房子还有人住，老人在门口写小楷，摆着香、纸以及算卦的竹签。他说他在等待拆迁的补偿，没有补偿，他就准备一直住下去。"我跟菩萨走，菩萨在哪里，我就在哪里。"他说得很坚决。他花钱在台阶旁边搭了一个小庙，其实就是一间棚子，摆了尊菩萨，一个香炉、一个蒲团。台阶的两边各有一个亭子，分别写着南仙亭、北仙亭，两个神仙具体是何方神圣不清楚，看上去都是一样的泥塑像，加上一个红色斗篷。下到山脚，一个巨大的牌坊入眼，上写"回头是岸"，出了牌坊，另一面写着"锦绣河山"，两边的长联被密实的灌木遮挡。从这里可以看到杨林山左边高高的雷达，那是为往来船只导航的，雷达旁边就是过去的渡口。当年萧姓女孩和他父亲正是在这里靠船，从这里上山。江对面，隔着一个沙洲，就是岳阳的寡妇矶，在天妃圣母那个时代，没有这个沙洲，杨林山下的长江才是主航道，船从杨林山这边上行、下行。

杨林山天妃庙的重建是因为地质灾害。这里的山正在向长江崩塌，很多地方露出了裂缝。2019 年底大殿重修完成后遇上了疫情，而山下台阶两边的乱搭乱盖的房子还没拆除。2020 年武汉解封后我再次来到杨林山，庙前贴着一张关于寺庙停止接待游客和疫情防控的通告。杨师傅不知道哪一天才能打开庙门，迎接香客，而周边的农民都等不及了，他们每天互相打听，天妃庙是不是可以开放旅游了。他们希望这里香火旺盛，人来人往。杨师傅望

着还没拆除干净的脚手架和建筑垃圾，又看看宽阔的长江和对面的幕阜山余脉，他似乎对自己说，我也说不准到底哪一天，天妃庙才能恢复到过去的热闹。

直到 2021 年春天我才知道，那个在天妃庙旁边荒地上种树的杨师傅就是天妃庙的主持释传明。杨师傅在 2003 年汪桥灵隐寺受戒，2004 年在黄歇口金轮古寺剃度出家。黄歇口是监利西北部一个乡镇，那里是四湖沼泽地的边缘，从西北荆门流向江汉平原的水都要经过那里，其中的内荆河穿过白鹭湖流过黄歇口。黄歇口是伍子胥的故乡，也是春申君的客居地，春申君叫黄歇，所以有了黄歇口这个地名。楚国历史上著名的离湖也在黄歇口附近，人们认为屈原流放经过离湖而写《离骚》。不过从 20 世纪 50 年代开始，离湖就不断缩小了，到新世纪后，离湖只剩 2 平方公里左右。2008 年杨师傅在佛教所说的"天下祖庭"五祖寺受了大戒，2009 年他来到杨林山天妃庙。从 2003 年许愿，

到 2019 年重建天妃庙，一路走来杨师傅说，他一直都在结缘。

即使天妃庙还没开放，杨林山、白螺一线的旅游业还不成气候，工农村的农民在自家门口也有生意可做。穿行在工农村带状分布的聚落，村子里每家每户门口都停着几辆外地的车，这些都是附近施工单位的车。村子里几个工地开工后，大多数农民就把自己的房子租出去了。孙初红刚到工农村帮扶工作队的时候，租一栋房子一年四五千就够了，现在，没有四五万租不到了。

出村子，马路对面就是村委会，孙初红说邹四宝在那里等我们。村委会是一栋白墙青瓦的新房子，房子前有大多数村委会没有的宽大停车场。村委会门口一块大牌子，写着工农村的概况。虽然是周末，还是雨天，村委会里却很热闹，进进出出的人，不知道在忙什么，但会议室里传出来的声音很大。孙初红低声地告诉我，农民对征地补偿不满意，村里镇里的干部们正在跟农民协商。我们在村委会没见到邹四宝。邹四宝 1993 年在村里当医生、计生主任，2007 年起任村委会副主任，现在是村委会副书记兼会计，他在路边的一个小餐馆等我们。孙初红之所以介绍我认识邹四宝，可能是邹四宝对村里的情况更熟悉。

"村里已没有土地了。玖龙纸业主厂区占地 3300 亩、祥兴纸业占地 1200 亩……"邹四宝的语气有点伤感。这个路边的餐馆是目前工农村比较大的一个餐馆，20 多张小桌子都坐满了人，就餐的大都是玖龙纸业工地上的人，或者与玖龙纸业项目相关的人，工人、工头、项目经理、供应商。从这些人的服装可以看出他们的身份，施工的都穿着统一的工装，安全帽放在腿边，绿色或黄色的反光背心印有施工企业的中文缩写，比如，湖北工建、中南勘基、忠棠建设，腿上、背上或多或少都有泥巴，有的还穿着胶鞋。技术员、管理人员的服装看着与工人的区别不大，但身上干净得多，没有泥巴，也不胡子拉碴。经理、供应商都西装革履，掏出来的烟一律短支的黄鹤楼1916。桌子上、地上到处是塑料饭盒、塑料杯，有的桌子已经吃完，人走了火锅还在翻滚，有的火锅还没点燃，大约人还没到齐。自疫情以来，很久没见到这种热气腾腾的气氛了，更何况还是在春节前。在武汉被封闭几个月后，还是第一次到这么热闹的地方。

这样大的餐馆有3家，比这个小的还有4家，邹四宝说，还有一家餐馆，有包房，可以K歌。有些老板要来这里谈生意，商务活动提升了餐饮的档次。仅玖龙纸业一个工地就有上千人，开年后，还有几百人要来工地。在路边开这样一个餐馆，每天三餐川流不息，一年下来收入可观。但邹四宝却不想干，他更想当专职的医生。S103省道两边工农村的农民生活方式变了，过去工农村的农户90%从事稻虾综合养殖，现在，工农村有37户是个体工商户，3户是专业合作社，4户开办家庭农场，2户是种养大户，11户做小微企业，传统的耕种生活在工农村似乎一夜之间消失了。穿过

餐馆的门，马路对面一个农民房子的门前，开了一家理发店，叫"手艺人"，LOGO做得很有特色，用剪纸的手法，勾勒出一个戴眼镜、戴口罩的小伙子，三缕头发像三丛草，被风吹向一边。小伙子双臂在胸前交叉，一手剪刀，一手梳子，下面写着"专业专心专注"，汉字底下是英文和电话。招牌大字下的小字列着业务内容：剪发烫发染色拉发。4扇玻璃门，有两扇一边贴一个大红的福字，另外两扇印着几行很抒情的广告：洗掉万般愁容，吹散万般疲惫，剪掉千丝烦恼，烫出万种风情，染出五彩人生。巧手修剪，精心护理。看样子小伙子比较看重结果，句句强调的不是"掉"就是"出"，剪掉，洗掉，烫出，染出，要是我，这些动词后面表达结果和状态的字眼都会去掉，就是洗万般愁容、吹一身疲惫、剪千丝烦恼、染五彩人生。

"这个理发店比较现代。"我说。邹四宝抬头瞟了一眼餐馆对面。村子里过去只有两个残疾老人帮村民

剃头，很简单的很便宜的那种。现在村子里工地上几千人都是外地来的，没有一个像样的理发店不行，他们去螺山、白螺镇上理发不方便。理发店的老板叫邹光雄，1992年出生，过去在广州花都区、长沙雨花区做美容美发，做得好一年下来有个七八万块钱。疫情后他不想去了，因为玖龙纸业来了，于是花3万元在自己家门口搭建了一个板房，干脆在村子里经营美发理发。每天有30到50人来理发。2021年春天我打电话问孙初红，姓邹的小伙子理发店做得如何。孙初红刚好在村里，说，还可以，前两个月的收入达到了1.5万元，施工人员还在增加，他准备请一个人帮忙。邹光雄开店后，四组村民邹华章在沙洪公路桥头也开了一家"乡村理发店"，两个理发店相距不过二三百米远，因为施工的工人多，生意都不错。

十几个施工单位一下子涌入小小的工农村，未来施工单位会达到30多个，到处是围挡、塔架、加工车间、打桩机、长臂起吊机，这样轰轰烈烈的场面至少要维持3年，3年这么多的人要理发、住宿、吃饭、抽烟、喝茶、娱乐……工农村的农民都在心里算账。70后的邹四宝年龄不大，他戏称自己是村里的老干部。看起来，他真的没有多想，粗糙不平的脸上看不见兴奋、激动，显然见过世面。我建议他开一家餐馆，他摇了摇头，说只愿意做医生，精力不够。

记得村委会门口的牌子上工农村概况写着：工农村共5个村民小组，544户2722人，耕地面积3840亩……这些数据与过去的工农村的并不完全相同。我能理解这些变化，征地、拆迁、结婚、生子、去世、迁出、迁入，今天的乡村每天都在变化。我相信，孙初红也理解，邹四宝也理解。

江雾开处车站村

郭海燕

　　"当饮清淡之茶，戒吃花色之酒，时开方便之门，紧闭是非之口。""君子爱财，取之有道。与人为善，广结善缘……"这是我奶奶教育后辈的话。她一辈子生活在厚善崇文、时开方便的散花洲上。

　　2021 年 3 月 22 日，德高望重的奶奶以 94 岁高龄无疾而终。一直到最后离开四世同堂的红尘，很少有人知道这位长江边小村的乡下太婆，曾经如花的青春里绽过烈酒般红色芬芳。

　　鄂东浠水县散花镇车站村地属长江故道，自古楚文化、三国文化、佛教文化交相辉映。三国时期，孙权、刘备联军火烧赤壁，东吴将士凯旋，顺江东下，归经此地，犒赏三军、祝酒散花，故得名"散花洲"。在英雄气四溢的洲上，至今还有吴国统帅孙策长期训练水师的"策湖"，鲁肃子弟兵集居而成的"鲁屋"，东吴备战囤积钱粮之所的"钱铺"……在这一带沿江而居的郭垸、曹垸、金龙垸等大垸，明珠般镶在散花洲尾。我奶奶叫曹兰芬（早年用名曹会英），她生于曹垸，养在郭垸。抗日战争时期，位于长江中游北岸的散花洲，曾活跃着"（散花洲）青（年）抗（战救国）团""妇抗""九姐妹劝导队""散花洲十姐妹"等抗战群团组织，读过私塾、高小毕业的我奶奶，就是其中的散花洲"十姐妹"核心人物。1942 年，新四军干部万森美、中共散花乡乡长程家炳先后到此，前有竹林、位置僻静的奶奶家祖屋被选作中共散花乡政府的办公地，程家炳乡长秘密长驻。一口好听京腔的万森美忙于外调工作，他也常来奶奶家祖屋，同程乡长议事。在万、程等共产党人的教育、引导下，聪明伶俐、豆蔻年华的我奶奶和同垸女伴郭调尔领头，联合村里其他八个好姐妹：肖老明、盛春九、郑细开、胡金秀、张桃枝、叶花姑、涂姣春、江金贵，组成红色"十姐妹"——专门收集日本人与汉奸的信息，为新四军、地下党提供情报，并为万、程等人送信和放哨。在共产党人的指导下，"十姐妹"为安全起见，还专门起了新名字，能说会道、拖着两条油黑辫子的我奶奶另取名郭宗金，郭调尔另取名郭宗兰，胡金秀另取名胡宗华，叶花姑另取名叶宗玉，江金贵另取名江士结。在全村人同仇敌忾的掩护下，尤其是红色"十姐妹"的贴心守护下，散花洲一带的地下党、鄂东新四军将奶奶家祖屋当作安全驻点，他们常来常往，接头、开会。新四军第五师首长、后任湖北省长的张体学，曾在夜里踏过我奶奶家的青条石门槛，在这座明三暗六、青瓦覆顶的土砖屋里研究工作。同是郭垸人的新四军战士郭老九，躲过生死劫，带着严重刀伤从日军手里脱险，亦被径直抬到奶奶家祖屋秘密养伤。"十姐妹"中肖老明的丈夫张边驼子，是洲上闻名的跌打郎中，他天天来给伤员换药。我奶奶和养父母一家三口，精心照料郭老九，直至他伤愈归队。

1942—1944 年，散花洲"十姐妹"在敌后战场，一起劳动，一起接受中共地下党的教育，如剑麻样苗壮成长，她们出色地完成情报收集及传递、警戒放哨、照料新四军伤员等各项任务，满腔报国热血流进了当时中国共产党领导下的全面抗战、全民抗战的历史主脉。

在遥接三国古文化，巾帼不让须眉、英雄气十足的车站村，散花洲"十姊妹"以红色芬芳，熏香《浠水文史资料》《中国共产党浠水县散花镇村级组织史资料》等。让红色"十姊妹"服气、佩服的除了师长般的程家炳、万森美，还有同村金龙垸人、1942年被汉奸何中杰杀害的著名烈士张春海，他也是"十姊妹"中盛春九的丈夫。

1921年出生的张春海，17岁参加新四军，18岁加入中国共产党，19岁即任中共散花洲党支部书记，后任"散花洲青年抗战救国团"团长、浠蕲边县散花洲税务所长。英勇善战的张春海常带领"青抗团"神出鬼没，打鬼子、惩凶顽，以少胜多，散花洲百姓因他而骄傲，暗地支持他。为保障新四军给养，身为税务所长的张春海，常游走于各色人等，

艰难收税，他那绘声绘色、文武兼备的抗日宣传，吸引了众多热血男女参加新四军及"青抗团""妇抗"等组织，奔赴抗日前线。新五师首长张体学、革命女杰陈少敏因此而称誉他为"散花洲上的了不起的人"。

新中国成立后，被散花儿女热血浇灌的这片土地，焕发出勃勃生机。20世纪50年代初，轰轰烈烈的土地改革，让家家户户喜获土地。接着积极参加互助组，1954年本地三个互助组结成团众初级农业合作社，次年团众初级社隶属浠水县兰溪区散花乡。1956年我国基本完成对农业的社会主义改造，两年后开始的人民公社化运动席卷全国，包括郭垸、曹垸、金龙垸等若干垸子的团众初级社改名团众大队，隶属兰溪区。团众的社员们日出而作、日落而息，憧憬着"幼有所来老有院，新建住宅有食堂；害病生娃有照顾，家大口阔供给粮"，他们很喜欢收工后薄暮降临的场景，放眼望去，风吹麦浪，烟笼林梢……即使是在最困窘的三年自然灾害时期，共度时艰的

团众大队也没听说饿死人，因为在这块长江中游冲积平原上，在附近的策湖边、菱角塘、大沟里，但凡湿润临水处，生长着成片成片的深碧浅绿的鹅儿肠、藜蒿等野菜，淡淡青草香或鲜明辛香，温柔抚慰着人们辘辘饥肠，更恩赐他们对未来向阳而生的希望。

1974年，团众、团群、团结3个大队合并，命名团林大队，属策湖公社。

1978年，"中共十一届三中全会"的春风吹遍长城内外、大江南北，新时期党和国家的工作重点转移到社会主义现代化建设上来，改革开放的战车轰隆隆向前。农村实行家庭联产承包责任制，"大包干，大包干，直来直去不拐弯，保证国家的，留足集体的，剩下都是自己的"。团众大队的社员们开心传唱着顺口溜，欢欣鼓舞地种小麦、油菜，种棉花、蔬菜，同时在党的"破茧"好政策下，开始动脑筋：如何广开门路，增收致富……

时代的大潮送来新契机。与团众大队隔江相望的是江南工业重镇黄石市。"去哪里？""到黄石去！"在散花洲乡间小路上，回答者总比问话者显得更兴奋、自得！从汗摔八瓣的田垄，去流光溢彩的城市，踩踩干净的大马路，看看五彩缤纷的大商店，想想都让人高兴啊！……在城里买好东西，看完病了，他们又迫不及待地要赶回已开始牵挂、想念的一亩三分地。民以食为天，江南黄石市的"米袋子""菜篮子"，就搁在江北散花洲。盛产果蔬米粮的团众大队等沿江村庄更是乐得工农互促、城乡互补，从而增收致富。

那时，长江两岸的人要南来北往，只有唯一通道——乘船。在黄冈地界，浠水、蕲春、英山、罗田等县的人，想去黄石，必须过天堑长江；若到武汉，还是得先到黄石。翻开散花、黄石间的长江航运史，千百年来，老百姓靠人力摇桨的"划子"穿越天堑，滔滔长江风浪大，不知吞没过多少驾船人。新中国成立后，人民政府心系民生，面对母亲河，20世纪50年代江北散花洲成立了水运公司，散花这边的码头叫老鼠夹，江南黄石的码头为青龙阁。老鼠、青龙平等互待，友好相伴多年。1977年，粗大气粗的黄石轮渡公司成立。由于江南上窑江段堤坝条件好，水深、水环境适合做码头，且斯处两岸商贸流动、人员聚集等突出，经营客渡、汽渡的黄石轮渡便驻扎于江南上窑，江北的码头则设在条件合适的团众大队郭垸、曹垸境内。从此，晨听穿云破雾的悠长汽笛，卧闻江面突突的机帆船声，白昼在地里种菜、办菜，拂晓赶乘头班轮渡过江卖菜，便成了团众大队人最寻常不过的生活。

"好雨知时节，当春乃发生。"由于团众大队境内拥有两家轮渡——黄石轮渡、散花轮渡，并有专门摆渡汽车的汽渡，贩夫走卒、儒商大贾、求学求职者、走亲访友的川流不断，来自省内外的等待过渡的大小卡车、小汽车等车辆，动不动"一"字长蛇地排列几里，一时人气如日中天。1981年，黄冈地区汽车站亦凑热闹，设于这水码头旁边。浠水、

蕲春、英山、罗田等县的人去黄石、武汉，都先坐长途班车到此，然后转乘轮渡过江；回程同样先从黄石坐轮渡到此，再坐班车归返四面八方。水陆联通，"火树银花合，星桥铁锁开"，人气商气叠加，明摆着，与四邻相比，团众大队已是鹤立鸡群。就在1981年，团众与团群、团结两个大队分开，更名为名副其实的车站大队。

1984年2月，散花建镇，车站大队再更名为车站村，隶属浠水县散花镇。

水码头车站村，成了水陆要冲，变身远近闻名之所。对岸的黄石人闲侃，"江北的菜农挑菜在江边售卖，菜品质好又便宜，深受我们这边人的青睐。久而久之，卖菜的菜农和买菜的市民越来越多，我们就在江南搭建了一个棚子，规范菜贩卖菜"。这就是以实惠、绿色而闻名的黄石上窑轮渡市场。车站村的菜农们在那里出摊，笑容最灿烂，比外村人更是高声大气，因为过江的黄石轮渡就像他们家里的"脚踏车"、三轮

车、摩托车，坐船到上窑轮渡市场，到黄石大街小巷去卖菜，就像到自家的田间地头般方便。车站村人依码头而兴，仗水陆要冲而旺。他们在家门口的散花码头这边，更不待言。因为本村有文化的，能说会道、助人为乐的曹兰芬，创办了散花轮渡码头便民店。是的，有过红色青春的我奶奶，自20世纪80年代起，就带着家人晨起五更、夜听江风，在码头上为乘客尤其是过江菜农提供便民服务，日夜替他们看守自行车、摩托车、三轮车，包括菜筐等家什，兼零售副食、烟水。"曹师傅，这是我的新车，可不能磕碰、丢了！""郭老板，买包烟，再拿瓶水！"……他们都很信任归嫁郭门，诚信经营、广结善缘的我奶奶。

江北的菜农发家致富，因为有了黄石轮渡而如虎添翼。黄石的市民常夸赞他们是"绿色食品天使侠"，散花洲人听了笑口常开，干劲十足，他们硬是将古老的野菜散花藜蒿种成了由国家农业部认定的国家地理标志农产品，成为湖北地区名优特

新农产品……车站村大棚种植或露天种植的萝卜、白菜、豇豆、辣椒等，还有规模种植的葡萄，鱼池承包户养殖的淡水鱼、莲藕，无不极受对岸市民和更远处客户的欢迎。曾经，车站村曹垱的能人，专事水产养殖兼大棚种植的曹清涛，所生产的"大眼睛"牌蘑菇就名动四方，往往货从黄石轮渡一上岸，即被抢光。

"蓓蕾江梅，正好是，小春时候。"改革开放后的车站村慢慢大变样了，一栋栋漂亮的两层、三层小楼，拔地而起。道路硬化了，主道两旁栽上一盏盏修长的路灯。与水泥路面相连的、宽敞的农家院里，鸡冠花冲天而绽，石榴、月季花红火，那里大多停放着货车、小轿车、摩托车、三轮车……尤其是春节，挂有全国各地车牌的小轿车像人一样多，他们的主人多是开车回来的搞装潢装修的小老板、青壮年打工者。

时针走到2019年岁末，世界迎来痛击。百年来全球发生的最严重的传染病——新冠肺炎病毒疫情来袭。神州大地，武汉首受其害，荆楚告

急。江城壮士断腕，于腊月二十九日凌晨宣布封城；当日鄂东黄冈市政府通告出台，自当夜 24 时起封城，辖下浠水县同时封城。距汉百余公里的散花镇车站村闻令，迅速行动。响应党中央号召，遏制疫情蔓延势头，坚决打赢疫情防控阻击战，打好武汉保卫战、湖北保卫战！车站村的领头羊是 2018 年 11 月村党支部委员会、村民委员会换届后的新人，叫江志超，他新官上任才满一年。大疫当头，这位 70 后书记与 3 名同人：副书记兼治保委员王井雄、财经委员曹品学、妇联主席熊小君等一起筹谋，如何带领村"两委"及小组长，组织全村 300 多户 1700 余人共同战"疫"，打好武汉保卫战、湖北保卫战？最简单的回答是行动。首先，他们带领党员、群众志愿者，在全村大力宣传并进行防疫消杀，大喇叭、各式标语、"车站村疫情防控联防群"微信群等，齐上阵。村里大倡不拜年、不串门、不聚餐、不聚众打牌打麻将；同时，84 消毒液、酒精的味道随着村志愿

者的身影，布满家家户户。春节返乡人员尤其是武汉归乡人员，一一准确登记。村"两委"班子成员还带头捐款，全村积极响应，靠卖菜、打工、开店、装潢装修所赚的 100 元、200 元、300 元，甚至 1000 元、2000 元……写满了一张又一张的大红捐款公示，全村共募得 3 万多元，购买了紧缺物资口罩、消毒液等，迅速由志愿者发放到各家各户。

筑牢抗疫的外防线！在江志超为首的村"两委"安排下，车站村共设卡口 4 个，全部由村党员及群众志愿者 24 小时值守，其中年龄最大的志愿者是近 70 岁的老宣传员郭永保，他是我奶奶曹兰芬的长子。在情况复杂的主路口江北农场卡口站岗的，是一对亲兄弟——开长途大货车的张卫华和种地佬张强。在他们的眼皮下，一只鸟都飞不过去。对于极少数固执的闯关者，兄弟俩会请出"镇山宝"——拥有 32 年党龄、当过车站村小学校长的徐勋华。看，已退休的教过村邻两三代人的徐老师"巡视"过来了，上课样端坐于

此，无人不服。庚子抗疫，7 位手足里有 5 位是男丁的张氏兄弟，大放"兄弟同心，其利断金"的异彩：他们中有 4 位当了志愿者，除了守卡口的老五张卫华、老二张强，还有用理发师的手给大家分发口罩的老三张青，最厉害的数老七张小满——他做了脚踩"风火轮"的全村生活物资代购员。每天夜里，小满登记、汇总当日需求信息，次日便开着全村唯一可在全镇跑动的采购专驾——一辆旧三轮摩托，去指定地点购货。正月里，天天为数百户人家、无数次送货上门的张小满忙得脚不沾地，他的堂哥，上过军舰、守过海礁的老兵张国义主动帮忙，也成了志愿者。就这样，这对堂兄弟每天义务为全村代购忙得不亦乐乎。有人问，自家开有"满哥汽车修理店"、大小是老板的小满，干这般又苦又累、易被新冠病毒感染的危险活儿，动力何在？小满回应："我们是老革命的后代啊，我的爷爷叫张春海。国家有难时，我的新四军爷爷付出了生命。到我们这一代，国家有难，我

们兄弟作为青壮年，也应该站出来！只有这样，我们多灾多难的国家才能历经劫波而不倒，才能渐渐走向文明富强！"

国家有难，国家需要我们！"男儿何不带吴钩，收取关山五十州"，战"疫"金鼓急，车站村人的眼光不仅仅是在本村。大年初二，有着多年水电专业技能的村民郭迪刚，在微信群发现中建三局在招人援汉，立即报名，拿到逆行通行证后年初六他赶赴万众揪心的武汉，援建火神山、雷神山医院。隆冬雨夜，郭迪刚在火神山和同伴冒雨狂拉电缆；正月十五，他匍匐在雷神山病房卫生间的狭小空间里，艰辛做排水；为负压病房抢线路安装……郭迪刚援建"两山"整整 14 天。80 后资深装修工，擅长木门安装的曹敏，大年初一在电视上目睹火神山医院开建的场面，"很激动！当时感觉有股血压升高了……"他辗转报名，坚决要求赴汉援建。终于，年初六，曹敏和同村好友兼同学涂亚军，一起自驾车奔赴火神山医院。为抢工期，

两人与火神山医院木门安装死磕，期间曹敏累得几乎双眼失明仍不下工地……硝烟未散，英雄不脱战袍，从火神山医院回来还没缓过神，武汉大建方舱医院、紧急改造新冠肺炎定点医院的新闻接踵而至，两人当即拍马重返三镇援建。这次，年轻的老木工涂亚军还带上了同胞手足，最擅空调安装兼做水电的弟弟涂海军。除了打虎亲兄弟，曹敏他们还带上了两位"外援"：车站村人的女婿、水电工李先良，和隔壁周墩村的水电工张呈学。

2020年抗疫，车站村领导有方、众志成城，且拥有大智大勇、为国分忧的村民，最终取得无疫村佳绩。村支书江志超很高兴！因为2020年的车站村成绩，不仅仅是抗疫出色。自2018年秋村"两委"换届后，经过一年多努力，村里各方面都取得较大进步。比如，过去全村200余亩精养鱼池水面一直没有履行承包合同，从而影响村集体经济。这属历史难题，江志超却决定求解。动别人的奶酪，想变更承包合同相关条款，谈何容易！个别承包户思想不通。以江志超为首的村"两委"一班人对承包户上门走访，一次次谈心，"锅里有了，碗里才有"，多次座谈后，承包户的思想慢慢通了，集体意识增强，村鱼池水面承包合同最终得到完善，村级经济收入也因此而得到保障。一通百通，一活皆活。为充分整活现有资源，村里对闲置的车站村小学和白鹭大酒店对外招租，效果立竿见影。2020年度，村集体经济收入达到7万元以上，一举改变账面长期"大鸭蛋"的状况。2020年度车站村从全镇落后村，变身重点村，同时，全村整体形象也有了极大改善。这些看得见、摸得着的实绩，让车站村获得散花镇党委、政府的高度评价，年富力强的领头羊江志超也因此被评为全镇"2020年度优秀党务工作者"。

谁能说一股英雄气，不是贯穿古今，一脉相承的呢？被三国文化浸染得云淡风轻，凯旋将士"祝酒散花"的散花洲上，在小小车站村，以江志超为首的村"两委"班子，及郭垸的郭迪刚，曹垸的曹敏，金龙垸的涂亚军涂海军兄弟、张小满4兄弟，仿佛与抗日战争时期的散花洲"十姊妹"，与"散花洲上的了不起的人"革命烈士张春海等，一起举起庆功酒，共话大江东去，淘尽多少英雄！！

只是，把酒论英雄之余，让车站村人苦恼的事，也挥之不去。2020年1月24日，因新冠疫情防控要求，上窑轮渡码头关闭运营。防控管制下的江北菜农日夜盼望着能早日解封，复工复产，以弥补无法过江卖菜而造成的巨大经济损失。3月13日，浠水县解封；10天后，黄石市全面解封，轮渡却没有复航。5月2日，湖北省突发公共卫生应急响应级别由一级调整为二级，不久由二级调整为三级，这里的黎明还是静悄悄。车站村人明白了，黄石上窑轮渡码头可能永久关闭停航。大家很清楚，随着时代如同钢铁侠般阔步前进，黄石长江大桥、鄂东长江大桥先后建成通车，滚滚人流、车流都从桥上过江，黄石轮渡早已每况愈下，走向没落。此际，散花轮渡消失已近

10年，曾设在车站村的黄冈地区汽车站更早就被撤销；长期亏损经营的"独孤求去"黄石轮渡，这次不肯再对迷蒙江雾鸣笛，也并不意外。只是，40多年来，助力两岸工农互促、城乡互补，畅通无阻运输"米袋子""菜篮子"的黄石轮渡就这么硬生生停航了，让江北菜农，尤其是车站村人，情何以堪？更如何弥补因此带来的经济发展蓝图之瓯缺？……忧心忡忡的村支书江志超，曾与相邻的周墩村、团林岸村、散花村的村支书包括散花镇政府干部、村民代表等一起，去黄石市西塞山区政府协调，希望黄石轮渡能恢复通航，但一直无结果。

日暮乡关别样是，烟波江上费谋筹。在时代的大潮下，被江水渐渐洗去昔日水陆要冲光环的车站村，接下来该如何发展？如何把握"乡村振兴"契机，在党的"十九大"精神和习近平新时代中国特色社会主义思想指导下，再立长江潮头？这成了散花镇、车站村当代英雄们的时代课题。

穿过廉村的绿水青山

哨 兵

古村千年，依山傍水，山为廉山，水是廉水，如世外桃源。村中，古官道典雅、古城墙巍然、古道碑斑驳、古祠堂庄严，一砖一石一草一木都透出幽静和恬适。古村远近驰名，却深藏闽东的绿水青山间，隐着，如高士，似乡贤，不与浮世争半分秀色，更不屑与万象论丝毫短长。古村自挂飞檐于山岚和云端，颇富江南神韵之际，古道却以鹅卵石三分村落，阡陌横纵，亦具北中国的大气雄浑。一景一物一舍一扉，无不映照出古村厚重的历史……这便是传说中的廉村了。来时正逢初秋，雨洗道旁古榕，也洗亮远山中的白茶树，郁郁葱葱间，廉村的秋，总让人觉得春浓着呢。

廉村原名石矶津，地处福建福安市溪潭镇西南边，古属南闽荒地。廉村来历，据现存薛陈两姓族谱记载，应自公元502年至公元519年梁天监年间肇始，一个官至光禄大夫叫薛贺的人，举家辗转定居于此。此当时，石矶津与廉村，还隔着大约两个世纪的光阴，早着，也远着。但这个叫薛贺的廉村的开村鼻祖，在正典里面目却模糊，连符号也不算，几乎为无。待到其第六代子孙薛令之诞生，成为"开闽第一进士"，官至左补阙兼太子侍讲，做了李亨也就是唐肃宗的老师后，廉村才在时光的烟尘里暂露晨曦。

但历史从来是横不讲理的怪兽，在同为廉村拓荒人的六祖薛贺与后辈薛令之间，历史只对后者浓墨重彩。按哈罗德·布鲁姆的"影响的焦虑"一说，薛令之能挣脱前辈阴影，站在聚光灯下为世人瞩目，当属"强力"这一边了。所谓"舞榭歌台，风流总被雨打风吹去"，这与为官大小、地位高下等物质遗产无关，属文化顽强的生命力。此为题外话，说廉村，聊薛令之。

薛令之让我着迷的，首先，是他身处的时代：薛令之（683—756），字君珍，号明月。福建长溪县（今福安）人。唐神龙二年（706年）进士。开元间累迁右补阙兼太子侍读，与贺知章并侍东宫。后因李林甫冷落东宫，赋诗讽谏唐玄宗，引起玄宗不满，遂托病辞官归乡。归乡后迁居厦门岛洪济山北，所居处因而得名薛岭。薛令之以诗文名，为闽人以诗赋登第第一人。有《明月先生集》行世。这是我百度后所知。但来廉村前，对薛令之，我一无所知。我的才疏学浅啊，我的孤陋寡闻啊。那天廉村的秋，下着春雨般浪漫的太阳雨，幸亏躲在伞底，刷着手机才掩饰了自己的羞愧和无知。生于初唐的薛令之，长于盛唐的薛令之，与贺知章同朝，与李白共事，这怎不令人站在后湖宫那面悬着"世德求作"的古老照墙边神思遐想呢？后湖宫是廉村人祭祀薛令之的神圣之所，坐落村舍间，却比邻寻常人家，庄严、肃穆，也透着浓浓的烟火气。斗转星移，时空荏苒，后有陈姓人家与薛家联姻，薛家自此迁入邻村，而薛陈共祭，更彰显出薛令之作为村魂和廉村精气神的象征。

穿过后湖宫的门楼、戏台、天井和享堂，站在薛令之的石雕像前，一边听闻耳麦里带着些许闽方言的讲解，一边绕着宫墙走马观花，薛令之的面貌才在我的脑海里慢慢清晰。薛令之生前著作均已遗失，现仅存《自悼》《灵岩寺》《太姥山》《草堂吟》《唐明皇命吟屈轶草》《送陈朝散诗》等6首，《全唐诗》仅录其《自悼》和《灵岩寺》两诗。作为唐诗的爱好者，薛令之存世不多的作品里镌刻的文人风骨，更让我着迷的。公元706年，以进士身份入大唐长安的薛令之，出廉村的廉山和廉水，一下子就深陷太子东宫的旋涡中。东宫在中国历史上那点陈芝麻烂谷子的往事，不说也罢。哦，那时的村不叫廉村，叫石矶津；那时的青山不叫廉山，叫狮子岩；那时的绿水也不叫廉水，叫穆阳溪。

如此说来，就该去穆阳溪和石矶津了。公元2020年秋，当我站在村头的古穆阳溪码头，遥想唐宋年间十里商铺长街不打伞的盛况，对薛令之，我仿佛又多了一点了解。这座通达东海和运河的码头，一直以来都是闽东北和浙江食盐、布匹以及山货交易和贩运的集散地。"海舟鱼货并集，远通建宁府诸县，近通县城及各村"，是石矶津码头真实鉴证。石矶津的水运不仅便捷，那时，完全当得起高度发达这个称号。交通的四通八达，在迎接物质文明的同时，精神文明也接踵而至。由是，公元706年的石矶津如没诞生开闽第一进士薛令之，此后不久，总有先贤会填补这个空白的。这是大道，是大势，是历史，不随谁的意志而变。而历史如廉村的护村墙，厚重、真实，从来都不是假设。从石矶津这个临海小村的绿水青山步入官宦生涯的薛令之，一路都秉持着狮子岩的刚毅和穆阳溪的纯净，不然，在与李林甫集团的斗争中，不会以"苜蓿"入诗《自悼》，惹恼当朝的皇帝老儿唐玄宗，并获赠"啄木"与"凤凰"的御讽。事至此，再思量前途，似乎是多余了，这"云想衣裳花想容"的长安，似乎欲望太多，似乎"只可谋朝夕，何由度岁寒？（《自悼》）"其实不然，由薛令之归辞后玄宗父子的所作所为，在廉村的细雨里移步间，我曾想，身为太子老师的薛令之，稍稍弯腰，轻轻屈膝，或许，人生会是另一番艳阳天。薛令之应是如此徘徊过的，我又想。

但是，不，作为狮子岩青山里的男人，作为穆阳溪绿水中的男人，薛令之，不干了！直接，"谢病东归"。更为决绝的，回乡前致书任江西安福县令的独子薛国进，弃官返里。薛国进遵父命，于天宝末年随父还乡。至此，中国文人风骨里的刚正不阿，在薛家父子二人身上，得以极大的彰显和传承。至于后世，唐玄宗闻其父子二人回乡后生活窘迫，"甚心怜之"；唐肃宗即位，思及师生情谊，欲召薛令之入朝，但在此前数月薛令之已卒，家赤贫，于是肃宗敕命其乡曰廉村，溪曰廉溪，岭曰廉岭……由着儿皇父帝们折腾去吧，于事件中人薛令之，又有何干？

出后湖宫入陈氏祠堂的路上，我一直在想，唐肃宗提笔御批，当初在薛令之的家乡为什么连用3个廉字，却不恩昭恩师？是感怀于历经安史之乱后大唐的风雨飘摇，还是感念于师生之情？但是，薛令之的廉，确是永世楷模。想想，一个朝廷的四品大员，重返故里的迢迢孤旅，形单影只，独步单肩，这廉，不是榜样又是什么呢？这廉，已深深影响了廉村的乡规民约，乃至村民个人的道德行为准则与文化自信。

廉村的文化自信，从村史记载可窥一斑。唐至清，自薛令之始，全村出进士24位，武举11位，也涌现出陈最、陈成父等一批豪杰之士，甚至出现了陈雄一门五进士、父子兄弟三代俱登高第的奇迹。陈成父是辛弃疾的女婿，在南宋与金的谈判桌前，金主章宗完颜璟惊叹陈的相貌之余，更钦佩其学养和谈吐见识，提出联姻之说，才肯继续谈判。嘿，廉村，在历史上总留有如此玄机和未解之谜。至北宋，大理学家朱熹之父朱松曾到此讲学，朱熹更是数次到此讲学。而历史的重重玄机和未解之谜还在于，廉村是什么吸引了朱熹这位大学者甘愿翻山越岭，多次走进这个小村落？而朱熹等文化名人的造访与讲学，又为廉村在廉文化元素里，注入了什么样的文明内涵？这应该关涉乡贤文明与中国乡村文化间的命题吧。趴在这口传说中让薛母忽然受孕的明月井沿上，一边不着边际地想着，一边朝井底张望，似乎能找出个答案来。但除了逆光中的自我倒影，就是空蒙的一方小天。我找不出半点所以然。而随团导游一直在催促，下一景点，一门五进士。

"一门五进士"与村中其他民居并无二致，一样的庭院深深，一样的幽静安宁。在门楼底下杵着，仰望"就日瞻云"这4个古体字书就的匾额发愣时，身后，不知何时也立着一男子，年纪和我相仿。看他拎着一瓶白醋，等在雨里，我才觉察出，他是这家主人，不是如我般的游客。门楼不窄，但并排塞进像我等壮实的汉子，着实困难。见我侧身，男子朝我点了下头，就进屋了。许是这一门五进士的家风传承，或是，见多了慕名之人，早已成日

常了。雨中等候间，男子没有半丝不悦，礼貌且耐心，耐心且从容。忽然间，好奇心使然，我想探访，五进士之后的日常起居了。

不知道怎么婉转迂回的。待再次碰见那个男子时，已在小饭厅。四方桌，4个汉子各占一席，小声说笑着什么。抬眼见我站在门外，男子没有丝毫见外，起身就搂起我的肩，说，喝一杯吧，喝一杯再走……竟然，挨着靠门的那一方，我就坐下了。宾主没半点间隙。自酿糯米酒，自家地里的峨眉扁豆、虎皮辣椒……介绍完菜肴，我才打听到，4个汉子互为表兄弟，陈家世代都以家族群居……还是好奇心使然，半盏清糯酒下肚，我就拉起家常，特别是孩子们的求学。那个与我打过照面的男子，笑了笑，说还行，我家姑娘念研究生，拿眼环了环桌子，又说，他们家，两个小子，念博士……说完，男子就朝我举了举杯。看来，门风家学、耕读传家，在这4兄弟身上很好地传下来了，待我还想攀谈时，导游的电

喇叭又刺耳地响起，上车啦，上车啦……命中注定我只能在陈门待10分钟。

回程上，朋友们都在谈论廉村的自然风景。窝在后排，回味糯香菜美之余，一边得意自己亲口品尝过廉村的绿水青山，一边却悔了起来。刚才，为什么不打听清楚那3个孩子在哪所大学念书呢，兴许，能在我生活的城市碰上，再也许，我还能尽地主之谊。嘿，下回吧。我眯上眼，自我安慰道。但我深知，下回，就不知是何年何月，我才能再次穿过廉村的绿水青山了。

从一个乡村
到另一个乡村

——

德化国宝之行断想

石华鹏

一、乡村是我的"魂地"

从一个乡村到另一个乡村，我经历了城市这么一个驿站。

城市是一根扁担，一头挑着我出发的乡村，一头挑着我不断行走的乡村。我今天还生活在城市里，城市喂养了我 20 多年，它给予我生存的资本和生活的空间，"一箪食，一瓢饮，在陋巷"，我有恙时它医治我的身躯，朋友来时它让我们的聚会变得时尚，它为我的孩子提供教育和交际的热闹……无论列举城市多少馈赠，于我而言，城市终究是物质的、现实的、身体的，我的灵魂我的精神时常从城市出逃，飘向遥远而永恒的乡村。

并不是我辜恩负德，并不是我对城市无情，而是乡村盛情于我，给予我生命，喂养我身体和灵魂的第一口奶。童年和少年，在乡村的风日里长养，触目为青山绿水，奔跑在大地田野，大自然是我的第一任老师，滋养我，教育我，一切自由自在。读到艾青先生深情的诗句：大堰河，今天我看到雪使我想起了你//你用你厚大的手掌把我抱在怀里，抚摸我——我就想到我的乡村的雪和它宽大的手掌。艾青的大堰河是我们每个人的乡村。

从乡村出来，无论脚步走多远，精神再也难以离开乡村。这是为什么？我时常会想到这个问题，躺在城市的床上我会想，躺在乡村的床上我也会想。我知道，当我躺在城市的床上想这个问题时，我是想回到乡村去了；当我躺在乡村的床上想这个问题时，我是不舍我又要离开乡村了。

直到中年后，我走过一些乡村——自己的和别人的乡村后，我才有所明悟：无论我多么小或者多么老，我都是乡村的孩子。我的精神离不开乡村，源自我对乡村记忆存在那种无法割舍的依恋。这种依恋，心理学上叫"怀旧"，地理学上叫"恋地情结"，医学上叫"思乡病"。只有不断回到乡村，这种依恋才会落地化解。贾平凹先生将故土称为"血地"，很有道理，那么，我的江汉平原的乡村是我的"血地"，我所寓居的福州是我的"汗地"，我所渴求去往的一切乡村是我的"魂地"。

天下乡村无一不是我魂魄的安妥之地，因为每一条乡村的路都可以通达我的故土乡村。李清照说：故乡何处是，忘了除非醉。

二、遇到国宝

我的手机测量，德化县国宝乡海拔713米，按照海拔每升高100米气温下降0.6摄氏度的经验计算，我从热浪滚滚的福州来到国宝，气温会降低6摄氏度左右。

下午5点到达国宝乡，车停乡政府，下车一刻，熟悉亲切的乡村气息瞬间包围了我。凉风轻柔拂面，空气洁净，可以品出清甜、草木的味儿，似乎还夹杂傍晚炊烟的味道。车场边的林中不时有几声虫鸣和鸡鸣传来。远处，青山静然，天空阔远，夕阳的余晖染红了一片云朵。一切那么恬淡、自然。

福州带来的 8 月暑气顿时消散于国宝阔大而纯粹的乡村气息之中。每次到乡村，首先复活记忆的是我的鼻子，农家饭菜的香、家禽牲畜的味儿以及大自然万物生长死亡的气息，与我儿时的气味重合起来。我以为乡村气息属于鼻子，而城市气息则属于耳朵——没完没了的轰鸣和喧嚣，各种现代的声响此起彼伏。

国宝乡位于泉州市德化县中部，距县城 13 公里，305 省道穿过国宝乡镇。国宝乡与赤水镇比邻，它是从赤水镇划分出来的，我去年到赤水的九仙山时途经国宝没有停留，没曾想今天就来到了国宝。

去往我们入住的民宿路上，朋友们说国宝是个好名字，来到国宝等于遇到了国宝。乡里陈主任说，国宝古时候多为郭氏世居，称"郭坂"，清代时文人认为郭坂叫法有些土，于是将郭坂谐音雅化，改称"国宝"。末了，陈主任还补充一句，说今日来的你们都是文人，也要给我们国宝雅化雅化。

我们住的民宿在离镇街不远的村里，由前村支书家的房子改造而成。房子建于 20 世纪 90 年代，3 层，20 余米长，外露式长走廊，每层八九个并排小房间，如乡村中学的那种教学楼或乡镇政府的办公楼，最不像的是民居住宅。这一点让我好奇。

不过有一个好处，出房门，站在走廊上便可饱览田野景致：成片绿油的晚稻正在扬花灌浆，水塘的荷花开得洁白灿烂，溪水轻轻流淌，农人开着摩托车轰隆驶过屋前的省道，随后大地安静下来……

半夜，几只蚊子造访我，将我从睡梦中叫醒，再也睡不着，索性披衣出门，坐到廊上来。乡村的夜很静，虫鸟们都睡了，草木、稻禾、荷叶等的气息更浓。天上有半月，在薄云中穿行，月光如洗，离屋不远的 305 省道此刻变成了一条明晰的河。看着这条路河，我突然有些感触。这条宽阔平坦的路河，迎来送去，将一个宁静闭塞的乡村与城市连通了起来，但终究是送出去的多呢还是迎进来的多呢？我出生的那个村子，直到前两年才有一条窄窄的水泥路修通，那条砂石路我走了好多年。

乡村总会有路通往外面，我希望那条路慢一点，静一点，悠然一点。

三、国宝的气息

"探秘"国宝两日，除了世外桃源般的乡村自然气息外，我还感受到了国宝另外的两味新气息，一曰香，二曰甜。

在国宝厚德村村部一楼，有一个房间布置得颇为典雅，灰地白墙紫褐柜。房间中央宽大的实木桌上，一缕缕白色清烟从一只精致的长方形黑色实木卧香炉里，袅袅升起。随后，一股木质感的香气瞬间弥漫了整个房间，轻轻吮吸一口，有神清气爽之感。这就是眼下在城市里很是流行的文雅事——香道了。

我是香道外行，于是问村支书香炉里燃的是什么香？村支书一边揭开黑木香炉的盖子一边说是檀香。我们看到一支细如自动铅笔芯、

长若一拃的棕褐色檀香躺在香槽里静静燃着，清烟婀娜。檀香是檀香料的心材，气息宁静，为四大名香之一。

这间香道文化展示室四周展示柜上，陈列着各式各样和制作讲究精细的香料、香线、香具等，架子上还摆有沉香，沉香是众香之冠，香气高雅清甜。

莫小看这间藏在僻远乡村的香道室，它背后其实暗示着厚德村一段值得夸耀的香道历史和一个宏大的香道梦想。

早在 20 世纪 70 年代，厚德村人就开始从事香原料加工生产经营，为供应商提供制香原料。后来，厚德村人利用传统制作香粉经验和技艺，转变生产经营模式，大胆走出家乡、走出国门，自办企业，自创品牌，慢慢打拼出一片天地。如今创办企业 100 多家，打造了"郑师傅""福兴堂""圣象""海豚""春蛙"等几十个知名品牌，涉及香原料、半成品、成品、配套产品，占据了全国 30% 以上香产业市场，成就了

厚德经营和市场认可的"厚德香"。厚德村90%的人从事与香道相关工作，年产值10亿多元。这是一个村庄令人惊叹的香道历史传统。

今天，国宝乡与厚德村一道，正共同谋划构筑一个宏大的香道梦想：把厚德村打造成全国香产业"文化展示、品牌营销、产业集散、购游一体"的独具优势和魅力的"中国香村"。动员和号召厚德人把自家老宅修起来、把企业总部搬回来、把产业抱团联起来，把自己的家乡建成"中国香村"。我相信这梦想会实现。

在厚德村的东北方向有一个村叫祥云村，祥云村里有一座生态农业观光园。

我们来时，金秋9月，葡萄正熟。到观光园还没见着葡萄，先闻到了葡萄香，那种清甜的醇香。我们挎上竹篮，拿着剪刀往葡萄园里走去。我们不是去劳作，是去体验——蜻蜓点水般地感受劳作的艰辛和采摘的乐趣。

葡萄怕雨滴打落，所有葡萄架都用塑料大棚覆盖。这里种植了250亩葡萄，山脚之下，尽是连片的白色大棚。

棚内很热，很闷，葡萄的香味愈发浓郁，似葡萄发酵的那种熟香，我很喜欢这种香，如饮葡萄酒，先前在外边闻到的那种清甜香，如吃葡萄。葡萄架整齐划一，长得看不到边，架上枝叶缠绕，葡萄垂挂。颗粒小、亮紫色的是时尚的玫瑰香，颗粒大、绿中带黄的是巨峰，还有紫黑的厦黑，红褐色的醉金香，看着就美不胜收，摘一颗入口，甜到心里。唐人的诗写葡萄，写得漂亮极了，比如"金谷风露凉，绿珠醉初醒"，比如"满架高撑紫络索，一枝斜嚲金琅珰"，把葡萄的颜色和样子生动地写出来了。在葡萄园里穿梭着，更能感受这些句子。

我们一直往里走，寻找大串、品相好的葡萄。或许采摘时间偏晚了，有些葡萄熟透掉落到了地上，发酵消失，融入土地，成为肥料。有的葡萄，一大串，就挂在你眼前；有的小串，藏着枝叶后面，扒开叶，一颗颗小眼睛看着你，有发现的惊喜感。剪摘葡萄也有技巧，大串的要用手掌托着，小串的方可拎着，剪刀咔嚓一下，不至于因过重抓不住，而掉到地上，"绿珠"和"金琅珰"散落一地。

一竹篮很快摘满，辛苦谈不上，收获的乐趣还是有。说的是摘葡萄，其实吃的更多，边摘边吃，出来时已经满嘴香甜了。

初中时读诗人芒克的《葡萄园》：一小块葡萄园，是我发甜的家//当秋风突然走进咣啷作响的门口/我的家园都是含着眼泪的葡萄……当时很羡慕芒克笔下的"葡萄园"，很想见识一下"发甜的家"，尝尝"含着眼泪的葡萄"，可是没有机会，今天有了，在国宝的葡萄园。看过了葡萄园，吃了甜甜的葡萄，于是也想起了这首久远的诗和久远的时日。

四、美丽乡村

我发现，很长一段时间以来，我们逃跑似的离开乡村到城市落脚后，一直做着两件事：一是将那个安静朴素、陈旧灰暗的乡村漠然地搁置在那里，不管不问，只自顾自地在城市里为前程和生活奔忙，以为自己属于城市了，此生不再回去，冷漠着它的今天和明天；二是当我们的城市人生遭遇困顿或者有闲情逸致的空闲时，我们开始回忆乡村生活的淳朴和美好，我们用彩色滤镜和乌托邦想象去回忆那一切，为自己疗伤和怀想。

我不知道别人是否如此，但我是，面对如母亲一般日渐衰老的乡村，要么冷漠待它，要么拿它疗伤。中年以后，我才懂得我的自私和我对生我养我的乡村的无礼和亏欠，我才懂得乡村不仅只有过去以及对过去的回忆，每一个乡村都有它独一无二的现在和未来。

这几年我有机会走过一些乡村，正在变化中的它们为我提供了新的见识和想象。

我喜欢"美丽乡村"这个词，乡村的本质属于美——青山绿水之美、田园耕作之美、古旧建筑之美、宁静自然之美、鸡犬相闻之美、民风淳朴之美。过去，乡村是个人群集聚的综合社会，经济、政治、文化的主场；如今，城市化进程加快，乡村人员骤减，甚至出现空村，乡村的经济、政治、文化功能减退，乡村成为最大的审美对象和审美想象之地。于是乡村回到了它的本源：美。

在国宝乡，我看到了让乡村美丽起来的措施和目标：环境整治"一清二整三美化"，打造"乡村气息、复古情怀、现代品味"的民宿群，建设"望得见山川、看得见历史、留得住乡愁"的乡村特色小镇……不过，这些美好的乡村建设目标和时尚流行的词句，多多少少还是基于城市人的观看和怀想的，这又有什么不好呢？

国宝的美留在了我的记忆深处。云龙谷景区惊险刺激的漂流和森林氧吧的悠然漫步，清代古建与现代设计相融合改造的民宿被绿色稻田包围具有的艺术冲击力，浩渺的云龙湖水库以及水库不远处正在建设的观音山陶瓷文化创意园，厚德村的香道和祥云村的葡萄园……它们让我流连忘返，回味不已，如回到了自己的乡村。

2020年8月30日 福州金山

忆雪拉村

罗布次仁

　　曾听说，乡愁产生在 20 岁之前生活的地方。我 20 岁之前较稳定生活的地方有 3 处，最难忘的还是叫雪拉的那个村子。我出生在雪拉村，11 岁随父亲的调离离开雪拉村。一个人真正的生活要是从记事起算，我在雪拉村实际上没生活几年，但是现在每每回想童年的生活，满脑子出现的都是那个小村子，我所有的乡愁都留在了那里。

　　雪拉村属于尼木县，距离拉萨 130 多公里，村子离县城还有 10 里地。过去整个尼木县都很穷，直到现在一说尼木人，人们马上会想起那个响亮的绰号"尼木邦赛"，意思是尼木吃酒糟的人。这个绰号有个出处。尼木出产的青稞很是有名，青稞磨制的糌粑口感品质属于上上品，被称为"嘉敏糌粑"。新中国成立前，每年产出的青稞磨成糌粑上贡给旧西藏地方政府的达官显贵享用。这种上品青稞的产量并不高，根本无法养活种植的人家，但是上贡后得到的回报是能够获得足够多的青稞酒糟。人们把青稞酒糟晒干、炒制、磨成糌粑，像正常糌粑一样食用。青稞在酿成青稞酒后留下的酒糟里作为粮食的营养已被吸食殆尽，磨成糌粑几乎没有任何营养，仅仅起个饱腹的作用。据说青稞酒糟磨成的糌粑如同尘土，拿一小撮糌粑撒到地上立刻融进尘土根本无法辨别。我曾听吃过这种糌粑的老人一脸苦涩说，你们是没法想象那种糌粑有多难吃，卡在喉咙里咽都咽不下去。说着回想到难吃的味道一脸苦相做出要呕吐的表情。我在尼木从没有吃过这种糌粑。我也曾无数次想，既然都拥有这么一个祖祖辈辈已经背负，子子孙孙想必都要背负的绰号，还是应该亲自品尝品尝这种糌粑味道，不知是幸运还是不幸，到现在都没能如愿，看如今这么好的发展势头应该是再不会有机会了，"尼木邦赛"这个绰号看来是白背了。

"尼木邦赛"是整个尼木的记忆，雪拉村自有雪拉村的记忆。雪拉村是个极其普通村子，从尼木县城沿着一条窄小的土路一直往西就到"毕桑"桥上方的坡上，整个雪拉村尽收眼底。一条小渠从尽头的两座山之间横穿整个村子，在"毕桑"桥上头集聚成一汪水塘，水塘有个很美的名字叫"大洼迪淋"。"大洼"在藏语里是骑马人。"迪淋"是个陷入水塘的象声词。水塘不大，看似能蹚过去，但令人想不到的是水塘中部水很深。刚开始，村里人也并不知道，直到一个骑马的外乡人，骑着马蹚过去，走了几步远，陷了进去，人和马像被水塘吞食般连个影子都找不见，雪拉人才知道原来水塘这么深，为了提醒后来人，给水塘起了个这样有趣的名字。

尼木县有三绝，藏纸、藏香、雕刻。其中藏纸制作技艺的传承人就在雪拉村。听老人讲，1949年前，雪拉村的大多数村民都会制作藏纸，家境不错的人家家里有小作坊。农闲的时间村民不是在自家制作，就是去别家打零工制作藏纸。整个雪拉村户数不多，人口也少，制作藏纸自然规模很小，产量也低。那时，制作的藏纸大多是一些寺院定制的，也不愁卖，但收入并不高，仅能换回一点现金贴补家用。有收入总比没有强，村民实在也是没有别的来钱的路子，因此，藏纸制作一直都是在一种要死不活的状况中艰难地维持着。1949年以后，家家户户分得了土地，村民便把全部精力投到了土地上，加上市面上已经可以买到从内地进来的现代纸张，价格相当便宜，也就没有必要费那么大的劲儿自己亲手去制作藏纸，藏纸制作自然停了下来。后来，建立人民公社，村民参加集体劳动，更没有人去制作藏纸。随着改革开放包产到户，一些长期束缚在土地上的农民从繁重的农活中解放出来，他们绞尽脑汁想着来钱的法子，寻找改善生活的路子，然而，一个地地道道农民除了出卖劳力自然也没有别的路径。

人与人之间的差别，往往在需要各显其能时才会显露出来。

那时，雪拉村很多村民都想到要把制作藏纸手艺捡起来，可是大家有这么些顾虑：制作出来的藏纸卖给谁？又有谁会来买？正在大家犹豫不决的档口，阿香果果默不作声地在自家院子里划出一块地，晒起狼毒草，摆弄着锯子、刨子制作起木框。没有几天工夫搭建了一个制作藏纸的小作坊。村民看着阿香果果干得有模有样，并没有着急着自己也赶紧干起来，反倒是像找到了一个免费替自己涉水探险开路人一般地踏实了。大家都在看着阿香果果到底能干出个什么名堂。他们想着阿香果果能寻出一条路子，自己再干起来也不迟。

这一等就是好几年。

那些年里，阿香果果制作的藏纸，几乎没有什么销路，家里滞销的藏纸越积越多，他并没有显出着急的样子，仍是过去的那种不紧不慢的样子。很多村民暗自庆幸阿香果果帮着试水验证自己当初决策得当的同时，也对阿香果果抱有一丝莫名的同情。毕竟在雪拉村这么小的村子里，村民繁衍生息至今，你娶我嫁绕来绕去都沾亲带故。全村人亲切地叫他阿香果果，其实，果果是他的名字，阿香是舅舅。他在村子里辈分较高，很小的时候就是一些年长的村民叫他舅舅，雪拉人顺口，不管沾不沾亲都管他叫舅舅果果。

我对阿香果果最初有印象时他约莫50岁。他的个子出奇得高，背微驼，走路一摇一晃，像极了一根摇摇欲倒的电线杆。最让我印象深刻的是他有一个大而挺拔的鼻子，像一座峭立的山峰屹立在脸的中央，异样的峻峭。无论谁见了他完全能想象出他年轻时应该是非常帅的，也能想见，他年轻时一定迷倒过十里八乡的少女。这样的一个阿香果果，不管他在干什么，不管在哪里见到他，我的心里总能产生某种莫名的敬畏，尤其是，我很多次听村民谈论过他年轻时的许多传奇经历，他在我心里越发地伟岸起来。

我跟他第一次亲密接触是在我家里，那时他已经开始制作藏纸，但听说卖不出去，几乎是无人问津。我没见过他下地干农活，听说他有一身的手艺，石匠、木匠、裁缝等手艺统统在行，大概是年岁的关系，这些活儿他都没干了，可也没有闲着，平日里，常常能见到他到各家去鞣皮子，到我家的那次他也是来鞣皮子。

那是在一个盛夏清早，我在院棚下睡得正香。忽然，我被一阵乎远似近的咯吱咯吱声吵醒了，还没醒利索正迷糊地想，这动静哪儿来的？闭着眼再细细一听，这咯吱咯吱声，还伴有一股子费力的呼气声。我揉着眼睛坐起来好奇地朝声音传来方向看去，就在离我三五步远，阿香果果双手牵拉在一个比他个子还高一些的木支架旁，光着的双脚踩在一块大青石板上的一坨皮子上，正卖力地踩踩着。我看过去，他把双脚落到青石板上，用一只脚很娴熟地翻动着皮子，皮子在他脚下显得非常听话，脚掌随便一勾、一提，皮子像面团很顺从地变成各种形状，似乎在积极配合着努力变换成他想要的样子。阿香果果把皮子翻动几下后，再一次踩上去，像是踩到一坨软泥般身子从一个高处缓缓地陷下去，一直陷下去，像会跌入某个深渊。此刻，他的双手忽而一用力，整个身子像从地底弹起般挺起来，瞬间到达一种难以企及的高度，又一次跌下来，循环往复，看着有些惊心动魄。听他粗重的喘气声，能想象应该是比较费力，但他每一次的一起一伏都显得轻松自如，充满乐趣，引得我都想去试试。我正着魔地看着他，他一直盯着脚下，似乎除了脚下的皮子什么都不在他眼里，没想到他忽然开口说："太阳晒屁股了，不起来呀。"我不知道跟他说什么好，还是呆愣地看着他，他并没有看过来，不见我有回应，这才向我瞟了一眼，看到我刚睡醒的样子，也就没了兴致搭理。

阿香果果在院子里，在高大的架子上咯吱咯吱地折腾了一整天，家人轮流给他递茶、端酒，直到太阳偏西，他有些微醉着下了架子。阿香果果和全家人围坐在院中，摆上几件盛满食物的器皿，食物并不丰盛，都是自家产的土豆、萝卜之类的农产品，值得提及的是每次来做活时家人都会摆出一块不大的风干羊排。每个做活的人都会抓起羊排划拉几下，切一两个小块，慢慢咀嚼，细细品尝，像是完成某种例行的仪式。那会儿，正是缺吃少穿日子很难熬的岁月，村民一年到头都吃不到一两次荤腥，可羊排端上来，从没人撒开了膀子吃。一块羊排自上年年末晒干已经到了新一年的夏季，家里轮番来过多个做活的，羊排被那么多人切过，割过，可并没有变得皮肉绽开，看上去还是很完整，跟头次摆出来时没有两样。每次羊排端上来，家人总会很盛情地让做活的人尽情享用。每个做活的人吃过一两个小块之后，不管怎么劝，再不会去动羊排，还发誓说，已经吃了很多，再吃不下。劝吃的是诚心的，死活不吃的也是诚心的，双方很默契地保持一种质朴的体面，透着浓浓的乡情。

家人把羊排端到阿香果果面前，他抓起羊排细细看了一遭，像是有些遗憾地说："老了，牙口不好，嚼不动啊。"说着放回原地。其实，风干的羊肉肉质并不坚硬，很容易嚼，阿香果果只是找了一个得体的借口，只为给主人家省下唯一的荤腥。

日子再苦，青稞酒是不能少的。在雪拉村随时随处都能喝到家酿的青稞酒，喝酒也从不挑时辰。早晨起了床，喝过了一两碗滚烫的酥油茶，就往糌粑里倒进青稞酒搅成面糊糊吃。面糊糊觉得稠了，就往里添酒，觉得稀了，便把酒喝掉。当碗里的面糊糊吃完了，碗里斟满酒，便开始一天忙碌。斟满酒的碗会放在一个随手能够拾起的桌上，在忙东忙西的空档随手端起碗把酒喝掉，又斟满一碗，每次看碗里的酒总是满当当的，风俗就是碗不能空着，空碗是犯忌的。雪拉人生活少不了酒，酒在雪拉人眼里就是像水一般的普通饮品。

那一天，吃过晚饭，家人们轮番给他敬酒，一会儿给他唱酒敬，一会儿夸耀他给他敬酒，没多大工夫，阿香果果面颊微红，喝得有些二晕二晕了。他趁着酒兴讲起他年轻时种种经历，每一段往事似乎历历在目，又精彩无比。

1949 年前，他家祖祖辈辈都是差役，他很小就帮着家里支差，受了很多的苦。自他记事起，每年年末都要跟着赶毛驴到拉萨送去一年的青稞差的家人学着支差，这一趟差不分昼夜地要走上 5 天，一路的艰辛只有走过的人才能体会。或许苦命的人习惯了苦难，他从未提起那时的艰辛，那种艰辛如今回想起来只是冗长的叹息和无奈的摇头，而饱受艰辛之后，给我们讲述的都是那些点滴的美好。所有的日子都是在艰难中苦苦支撑着，始终坚定地相信未来总会有好日子，就像他制作藏纸，根本卖不出去，也看不到将来会怎样，还是在默默地坚持着。

几年之后，阿香果果走了，留下了一大堆藏纸，藏纸制作的技艺传给了子孙。多年以后，他的儿子靠着藏纸制作技艺成为西藏自治区级非物质文化遗产藏纸制作技艺传承人。藏纸制作更是得到各级政府的大力扶持，邀请专门人才，为藏纸销售出点子找出路，最终藏纸制作得到新生。阿香果果的后人，通过藏纸制作过上了衣食无忧的幸福生活。

离开雪拉村这么多年，那里的点点滴滴的往事到现在还是记忆犹新。如今整个村子发生了翻天覆地的变化，都有些认不出来，但在那片土地上生活过的人都不会忘记那些往事，永远不会忘记。

南有观音寺村

刘益善

《诗经·小雅》中有"南有嘉鱼，烝然罩罩"句，意思是南方有好鱼，悠然游动。这是一句很美的诗句。

湖北有一个嘉鱼县，出自"南有嘉鱼"句。位于嘉鱼县最南端有一个观音寺村，属官桥镇管辖。这是个行政村，有8个村民小组，共有30个自然村湾。全村地域面积9平方公里，耕地与林地面积近8000亩，有3000多户，9000多人。观音寺村名得自该村东头有一座观音寺，曾供奉过一尊观音菩萨。如今，观音寺和观音菩萨都没有了，原寺庙旧址上是观音寺村办小学。

观音寺村2015年之前，是个建档立卡的贫困村。贫困到什么程度？村集体经济只是个空壳子，2015年全村集体经济收入只有38000元，村"两委"没有属于自己的办公场所，只能借用村小学的教室办公。全村享受财政补贴的低保户129户136人、五保户35人，还有部分病残家庭没有享受到政策扶助。村民危房遍布各个自然村落，大片荒山没有开发，道路泥泞窄小，过路车辆，一不小心就掉进水塘或稻田。交通不便，信息闭塞，所有农户的收入低微。这里离湖北省委省政府提出"精准扶贫，不落一人"的目标，相差甚远。

我是 5 年之后的仲春 2 月，来到观音寺村的。从武昌出发，车上武深高速，在嘉鱼东口下，不一会进入东吴大道，直达观音寺村党员群众服务中心。这一路道路宽展，车辆奔行无阻。穿过观音寺村的东吴大道两边，所见房屋白墙青瓦，山林绿树红花，一派安定祥和宁静的乡村景象。从武汉到观音寺村，全程不到两个小时。我们眼前，观音寺村党员群众服务中心是一幢 3 层楼的水泥建筑，高大气派，门口挂着村党支部、村委会、村退役军人服务站、村务监督站 4 块牌子；中心大厅内，醒目之处，还有一块牌子，是 2019 年度咸宁市精准扶贫精准脱贫"特色产业示范村"。

从村委会出发，驻村工作队长步简和村党支部副书记漆宝平带着我，踏访了全村的 8 个村民小组所属的一些自然村，重点看了村民易地搬迁点和村产业基地。我看到的是一个已经脱贫且跨入小康的村庄，一个典型的江南美丽乡村。

出村委会行不百步，东边是一排 10 栋 5 层楼的居民楼，楼里居住的是全村的危房易地搬迁的村民，按人口分派入住，四口之家可住 120 平方米以上面积的房子。这楼房分给村民时，是拎包入住，家电家具一应俱全，村民居住的条件与城里人一样水平。没有住楼房的村民，分散在各个自然村湾，一般都是两层小楼，平房也都是白墙青瓦。自然村湾散布在青山绿水茶园稻田之中，观四时风景，享天然年华，恬静怡然。

我们走过一面面山坡，绿得浓重碧翠深沉的茶园，像一块块绿色的绸缎铺在江南，不多的采茶女点缀其中，她们在摘明前茶。采茶女穿红衣着粉头巾，在茶园里双手如蝶飞，身子灵动移走，一幅明前采茶图美得叫人心醉。在一大片平缓丘陵地带，是观音寺村的油茶基地，油茶树亭亭玉立，开着白色的花朵，向着我们微笑。在一大片水塘边，只见塘水淡淡，几支枯荷趿拉在水面。陪着我的步简和漆宝平告诉我，别看现在水面光秃秃的，这里是湘莲基地，到了五六月份，那是看不到水面的，绿色的荷叶铺展开来，密不见水。6月荷花举蕾，7月荷花盛开，八九月湘莲结实，那就是"江南可采莲，莲叶何田田"了。

观音寺村地栽蘑菇基地，是我第一次见到的养菇模式。地里的庄稼收割完了，过去是地闲着等来年再种。观音寺村人现在在闲置地上搭个棚子，在地面上摆上一排排圆柱形蘑菇菌棒，这些圆柱形蘑菇菌棒过去是用树木制成的，现在是把庄稼秸秆和杂碎草木树枝之类粉碎，然后用机器压制而成，成本很低。庄稼地上种一季蘑菇后，把棚子一拆，那些用过的菌棒翻耕进土里，成了上好的肥料，之后再种庄稼。地栽蘑菇充分发挥了土地的使用价值，村民的收入大大地增加了。

观音寺村的产业基地，分布在它的村域各处，它有水蛭基地、林果基地、"三一五"养殖基地等。

林果基地目前正在建设培制之中，这是一个大项目，投资者是著名的中国节能环保集团公司，中央企业。中节能的目标是把观音寺村的荒山荒地荒田整合起来，打造一个有机环保林果基地，种植大黄桃及其他果树。我在中节能培育果苗的大棚的墙壁上，看到了这样两副标语："实施乡村振兴战略，建设新时代美丽乡村""共护诗画观音寺，同筑百年乡村梦"。大公司，大气派，大手笔，也是大口气。提起这中节能到观音寺村投资，漆宝平指了指随行的村委会妇女主任，说：这是她带进来的。村委会妇女主任叫李小凤，一个愿为家乡建设出力的女孩。李小凤说，是驻在嘉鱼大牛山垃圾场搞垃圾回收利用的中国节能一个分公司，想在嘉鱼找一个合适的地方建一个环保有机的林果基地。公司派了人到各乡村考察，一直没有满意的地方。那天，中国节能出门考察的两个人走错了路，走到观音寺村来了。他们向李小凤问路，李小凤和他们聊起了天。那两个人问清了观音寺村的种种情况，觉得这个地方正是他们踏破铁鞋无觅处，得来全不费工夫的地方。中国节能集团考察之后，正式选择了观音寺村作为他们的投资地点。中国节能集团的几个大棚里，培育的果树苗子正在积极生长，到了不久的将来，它们去抹绿荒山荒岭，涂黄荒田荒地，染红观音寺村的一片江南，那时，观音寺村就是不美丽都不行。

目前观音寺村的产业基地规模最大的还是食用菌基地，那一片大棚里，摆满了一排排一层层的架子，架子上都是菌棒，那菌棒上长的是各种各样的木质菌，有木耳、香菇、猴头菌、鸡枞、灵芝等等，日产鲜菌3000多斤。这是驻村工作组引进的养菌专家，采取村集体、专业合作社、贫困户结合，建设基地，发展菌业，增加村民收入。目前，他们有菌棒制造车间、菌棒冷却室、冷库、产品仓库，一应俱全。我在大棚里碰到村民宋凤山，他正忙活着。我问了他的情况，他家因有两

个孩子上学，还有老母亲要养，是个贫困户。扶贫工程后，他家住上了易地搬迁的楼房，他与妻子都在食用菌基地工作，月收入有七八千元，现在的生活是过去想都不敢想的，两个孩子都在武汉上大学。

未来的观音寺村还准备发展乡村旅游，它的旅游资源在等待着开发。观音寺村西临赤壁古战场30公里，东靠嘉鱼县城20余公里，它的旁边是国营仙人洞林场，西南10多公里是嘉鱼高铁岭镇。嘉鱼县城有三湖温泉，赤壁古战场更是吸引人的地方，仙人洞林场林木茂密，花开四季，仙人洞探秘，高铁岭镇有七乡八区苏维埃政府旧址，是革命老苏区。这些旅游项目上马，游人以观音寺村为中心，可以东南西北看到各种景点，满足消闲赏景的目的。

观音寺村的今昔变化，过去穷是因为是观音寺村闭塞没有公路，更重要的是人们的思想观念跟不上，没有能人；今天走出贫困，是因为有国家扶贫政策，人们的思想观念发生了变化，而且有能人，有愿意

为家乡建设做奉献的人。

在党和国家精准扶贫方针的指引下，嘉鱼县委派赫赫有名的，同属官桥镇管辖的官桥八组前往观音寺村扶贫。这官桥八组在领头人周宝生的带领下，走集体致富之路，拥有湖北田野集团和武汉东湖学院。2015年，周宝生带领武汉东湖学院扶贫工作队进驻观音寺村，他们争取国家扶持，用足政策，组织资金，引进人才，改变村民的思想观念，修建了党员群众服务中心，建了10栋易地村民住宅楼，修通了公路，建成了各种产业基地。官桥八组组长、田野集团董事长周宝生，田野集团总经理周志专多次到观音寺村，走访群众，出谋划策，还亲自参与住宅楼的设计安装，让村民拎包入住。2018年脱贫，2020年巩固，观音寺村村民如今60%的人家有车辆，1985年后出生的孩子，50%拥有大专文化水准。观音寺村彻底甩掉了贫困的帽子，进入中国美丽乡村的行列了。

在我的采访进入尾声时，观音寺村的党支部书记、村委会主任何和生从武汉回来，我们又谈了一会儿。这何和生原来在外面当个小老板搞企业，年收入30万到40万元。为了家乡脱贫，他关停了外面的企业，回来当了村里的领头人，和扶贫工作队配合工作，连续两年在官桥镇各村书记考核中被评为第一名。

听说我在观音寺村采访，嘉鱼县分管扶贫工作的美女副县长华红，在县城开完会后，马上赶了过来。华红为了观音寺村的脱贫工作，不知到观音寺村来过多少次，村民许多都和她熟，有许多问题，驻村工作队和村委会干部都是和她一起商量解决的。

一个地方由穷变富，那是有一群人在那里埋头苦干干出来的。

啊，南有嘉鱼，嘉鱼南有观音寺村。观音寺村山不高，水清浅，四时绿树红花，有林有竹，有果有茶，东南西北，去古战场赤壁，到三湖温泉，往仙人洞林场，游高铁岭镇红色苏维埃旧址，全在半小时车程内。

南有观音寺村，江南的美丽乡村。